回復術士的重啟人生

Redo of healer

～即死魔法與複製技能的極致回復術～

2

月夜涙
插畫：しおこんぶ
Author : Tsukiyo Rui
Illustration : Siokonbu

Kadokawa Fantastic Novels

C O N T E N T S

序章 回復術士遭人怨恨

從吉歐拉爾王國的襲擊中拯救冰狼族的我們，被招待參加宴會，盡情地享用了美酒與料理度過了一晚。

我們收拾完行李，離開借住的房間。

「芙蕾雅，妳酒醒了嗎？」

「嗚嗚嗚，酒比想像中還要烈。」

身穿重視機動性的旅行打扮，年僅十五歲的美少女正步履蹣跚地靠在我的肩膀上。

她是芙蕾雅。

原本是芙列雅公主，不過現在喪失記憶，成為了我的隨從芙蕾雅。

儘管身穿俗氣的衣服，依舊充滿著女性魅力。輕柔的美麗淺桃色秀髮非常適合她。

「冰狼族的酒是戰士之酒。對女人和小孩來說難以入口。」

語氣平淡的聲音從芙蕾雅的相反方向發出。

「身為女人又是小孩的剎那倒是沒事，還喝了滿多的呢。」

「嗯，因為剎那是戰士。而且剎那已經不是小孩了。」

剎那帶著自豪的語氣，抖動那純白的狼耳。

她是剎那。

是冰狼族的戰士。白色的狼耳、尾巴以及雪白的肌膚。是個渾身雪白，不到十五歲的美少女。

她曾被人類擄獲作為奴隸販賣，後來被我買下。

然後，我還和她定下了契約，協助她復仇拯救冰狼族，相對的她必須要揭露自己的真名。

真名存在於人類以外的所有生物，是銘刻於靈魂上的名字。使用那名字施展奴隸魔術後，就能隨心所欲地操縱對方。因此把自己的真名告知對方，對亞人來說就等同於是把自己的一切奉獻出去。

如今剎那的一切都是歸我所有。

「凱亞爾葛大人，別一直盯著看。剎那會害羞。」

剎那低下了頭。

我很在意她的嘴唇。

今天早上也為了解放等級上限，而對那雙唇……

「噢，我會注意。」

明明是年幼的少女，剎那卻有著難以言喻的妖豔。

今晚也令人期待啊。

先不討論這部分，得設法幫一下芙蕾雅才行。

她姑且也是我的隨從。

「芙蕾雅，過來這裡。」

「是，凱亞爾葛大人。」

我把芙蕾雅抱進懷裡，將恢復藥含在口中用嘴對嘴方式餵她，確認芙蕾雅喉嚨發出聲音喝下恢復藥後施展了【恢復(Heal)】。

不是用魔術，而是將恢復藥以嘴對嘴方式餵食，表面上聲稱是為了治療才這麼做。

其實我也能製作具有解酒效果的恢復藥，但實在麻煩。

我扮演著一個將劍術鍛鍊到極致的鍊金術師。身為回復術士這件事，就連芙蕾雅和剎那都被蒙在鼓裡。

以前曾讓剎那看過的鑑定紙是偽造的，並沒有讓她看到職階和回復術士的相關特技。

留在城裡的【癒】之勇者凱亞爾是冒牌貨一事，總有一天會穿幫。想必吉歐拉爾王國為了找到正牌貨，會調查所有的回復術士。

所以，我是回復術士這件事不能讓任何人知曉。

「謝謝。我輕鬆了許多。不愧是凱亞爾葛大人的藥呢。」

紅著臉的芙蕾雅吐出溫熱的氣息。

芙蕾雅是我便利的道具。不管是作為女人還是戰力都很管用。要是關鍵時刻無法發揮性能的話我也會很頭疼。為了這個目的，我得像這樣管理她的身體狀況，好好疼愛她。

「芙蕾雅、剎那，坐上馳龍，我們回拉納利塔吧。」

「好的，我們回去吧。也是時候和商人進行第三次交涉了。希望這次也能賣出很多恢復藥呢。」

「嗯。謹遵凱亞爾葛大人的命令。」

剎那有些落寞地回頭望向冰狼族的村落，搖了搖頭後轉回前方。

她已經成為我的所有物，自然也做好和同伴們道別的覺悟。儘管如此，要離開故鄉這件事依舊不會改變。她內心應該也是百感交集吧。

「回到鎮上把恢復藥賣出去後會好好狂歡一下。妳們好好期待吧。」

芙蕾雅和剎那的眼睛為之一亮。

我和某位商人結夥，靠著販賣恢復藥治療在鎮上蔓延的怪病賺錢。

暫時可以靠這場怪病賺一筆。

怪病的源頭就是混入在水源內的魔物毒素，如今既然已經把屍體撤除，等過了十天就會產生影響，讓怪病漸驅穩定，但在那之前應該能賺取到一筆可觀的資金。

反正也差不多該結束這種買賣了，這樣正好。考量到我的安全，還是不希望怪病再繼續蔓延下去。

在充分賺取資金前先待在拉納利塔，之後再移動去其他城鎮吧。

我一邊思考這種事情，一邊駕著馳龍前進。

～於吉歐拉爾王國的王城～

「這……難道說，真的是……」

「那麼，離開這座城堡的禁衛騎士隊長，他到底是什麼人？」

一名男子被束縛在地牢。

他持續受到嚴重的虐待，全身都能窺見遭到施暴的痕跡。

除了這名男子之外，還有不應該出現在地牢的成員在此。有軍隊的高官、諸位高級貴族，以及吉歐拉爾王。

這是由於察覺的事實帶來的衝擊，大到甚至讓這群人聚集在此。

被鎖鏈銬住的男人是【癒】之勇者凱亞爾。染上毒癮被當作便利道具利用的他，某一天殺死守衛從牢房逃走了。

儘管凱亞爾本人馬上就被逮到，但打算抓住他的時候，芙列雅公主的禁衛騎士隊長卻精神錯亂，趁著城內一片兵荒馬亂時殺害芙列雅公主以及其護衛，甚至還在公主的房內縱火後逃之夭夭。

禁衛騎士隊長犯下的罪，別說是處罰本人了，就算是連誅九族也無法償還。

雖然本人行蹤不明，但他的血親全都被處以極刑，斬首示眾。

然後，一切事件的開端【癒】之勇者自從被逮住後，打死都不肯使用【恢復】。

對於士兵來說，凱亞爾是殺害同伴的仇人，同時也是把受到所有國民愛戴的芙列雅公主逼上死路的元凶，因此不被當作人類看待，集所有怨恨於一身持續受到虐待。

然而，以某件事為契機，狀況完全改變了。

無論對【癒】之勇者下了多少藥，給予多少疼痛，他依舊堅持不肯使用【恢復】。

某次，士兵們不小心把他凌虐到差點錯下殺手，慌張地用聖靈藥治療，導致藥癮消失，被戳爛的喉嚨也治好，他才大呼小叫地說自己才是禁衛騎士隊長，是被【癒】之勇者凱亞爾變成了這副模樣。

起初無論是誰都只是一笑置之。

但看到他無論被如何對待都不肯沉默，一副陰氣逼人的模樣，就讓熟知禁衛騎士隊長的人與他對話，甚至還用上了鑑定紙。

此時才發現，這名外表是【癒】之勇者的男子，是貨真價實的禁衛騎士隊長本人。

於是，真相終於明朗了。

【癒】之勇者凱亞爾讓禁衛騎士隊長充當自己的冒牌貨，並毀掉喉嚨讓他無法開口說話，隨後巧妙地逃出了城堡。

在逃離這裡後，想必他還佯裝若無其事地過活吧。

「那麼，在發生慘劇的當晚出城的禁衛騎士隊長，難道他的真正身分是……」

痛失愛女傷心欲絕的吉歐拉爾王發出了近似呻吟的聲音。

然後，【癒】之勇者凱亞爾……不，禁衛騎士隊長用燃燒著憎恨之火的眼神開口說道：

「那傢伙才是【癒】之勇者凱亞爾。不可饒恕，絕對不能原諒他。我要殺了他。絕對要殺了他！」

禁衛騎士隊長使出指甲幾乎要扎破皮肉的力道，使勁握緊拳頭。

【癒】之勇者是把自己打落地獄，導致血親全都遭到殺害的元凶，更何況，他還殺死了自己憧憬、愛慕著的美麗的芙列雅公主。

自己到底做錯了什麼？

芙列雅公主希望為了這個國家而有效地利用那傢伙的力量，自己明明只是想實現公主的心願，盡了本分而已。

可是那個傢伙卻奪走了自己的一切。

這種事情怎麼能被原諒！

「這樣啊，原來是這麼回事。殺死芙列雅的，是【癒】之勇者啊……雷納德禁衛騎士隊長，我不會向你道歉。這也是理所當然吧。因為你一時不察，被區區的【癒】之勇者打倒，才導致他有機會跟你交換身分。事情會演變成這樣，一切都是因為你的無能所致。即使知道了真相，我依舊還是想殺了你。正是因為你的無能，才害得我可愛的芙列雅被殺啊。」

國王的話語十分辛辣。

但是，卻也相當正確。

居然會輸給等級低下，無論狀態值還是特技都不適合戰鬥的區區【癒】之勇者，對於光榮的禁衛騎士來說，是相當於被刻上無能烙印的丟臉失態。

近衛隊長無法反駁，只能靜默以對。

儘管保持沉默，還是為了打破現在的僵局而拚命動腦思考。繼續這樣，等著他的也只有一死。好不容易才洗刷了嫌疑，這下反而要被追究責任而遭到處刑。

王俯視著那樣的他並開口說道：

「你犯下了無可挽回的失態。不過芙列雅信賴著你，也給予你高度評價。更重要的是，你比任何人都憎恨【癒】之勇者。我就給你挽回名譽，復仇雪恥的機會吧。去把真正的【癒】之勇者凱亞爾給我抓回來。絕對不能殺了他。平凡的死太便宜他了。我會親手……讓他見識何謂真正的地獄。為了要逮住【癒】之勇者凱亞爾，我會給予你必要的權限。」

禁衛騎士隊長儘管被鎖鏈銬住，依舊當場屈膝，低頭跪拜。

「是，陛下。我定會傾注全力，完成這項使命。」

他低著頭笑了出來。

能夠對自己憎恨再憎恨，憎恨到無可自拔的那男人復仇。不這樣做自己肯定會發瘋。

要是不能親手凌虐那傢伙的話會瘋掉。這個使命不會假手任何人。

而且，他還想到了一個可能性，但卻故意不說出口。

他推測芙列雅公主或許還活在人世。為什麼那傢伙會在房裡放火？實在令人匪夷所思。

他認為那是為了要隱瞞某件事才這麼做的。

禁衛騎士隊長愛著芙列雅公主。儘管因為有違身分而無法說出口，但這份情感是戀情，同時也是肉慾。

畢竟對方是無論如何思念也無法觸及的存在。可是，假如就如同自己受到的遭遇一般，被認為已經死去的芙列雅公主也是冒牌貨呢？而且，如果真正的芙列雅公主已成為他的傀儡，甚至還能搶過來。

這對他而言極具魅力。

想要，渴求到無可自拔。芙列雅公主的微笑，那身體，那聲音，一切都將成為自己的所有物。

復仇與欲望。

被這兩項情感染指的男人開始行動。

然而，【癒】之勇者凱亞爾……不，凱亞爾葛還沒注意到這件事。

第一話 回復術士玩水去

離開冰狼族村落的我們朝向拉納利塔前進。

和來時不同，歸程不需要那麼著急，我們以適當的步調讓雙腳步行的騎乘型爬蟲類馳龍在路上奔馳。

我邊駕著馳龍前行，同時提高警覺注意四周有無魔物現身。

我想打倒魔物賺取經驗值，確保今日午餐的食材。

吃下魔物不是為了節省伙食開銷，而是為了變強。

目前只吃過一角兔而已，不時尋找具有適合因子的魔物將其吃下肚，藉此攝取適合因子提高天賦值的水平，是變強的捷徑。

所以必須盡可能地吃下各式各樣的魔物。

魔物存在著兩種種類。

一種是自然誕生，自由自在行動的魔物。大部分都歸屬此類。

另一種則是被魔物的支配者「魔族」使役的魔物，除了可以有系統地行動外，沒有收到主人的指示也不會擅自行動。這類型的魔物非常少見。

駕著馳龍奔馳在路上，實在爽快。

不僅快速又不會感到疲憊，真棒。

真是買到了好東西啊。正當我腦海裡想著這種事時，在森林的樹陰處發現了魔物的身影。

「找到了。剎那、芙蕾雅，狩獵那隻魔物。」

那隻魔物是後腳長得不可思議的野豬，有著一身綠色的軀體。

該怎麼料理野豬才會好吃呢？我邊思考著這件事邊讓馳龍停下腳步。

◇

「嗚嗚嗚，弄得全身都是泥巴。」

連引以為傲的桃色秀髮都沾滿了泥巴，芙蕾雅洩氣地說道。

我們為了抓到不可思議的綠色野豬魔物而衝入了森林，但途中野豬卻用後腳把一大灘泥踢過來。

我和剎那雖然輕鬆閃過，至於運動神經差強人意的芙蕾雅則是被迎面直擊，還跌了一跤。

拜此所賜，狀況變得非常慘烈。

總算是打倒了綠色野豬後，我著手肢解屍體，將肉包成午餐用的。

「嗯。芙蕾雅慢吞吞的。連那麼遲緩的攻擊都閃不掉，太不成熟了。」

「剎那好過分喔。這也沒辦法啊，畢竟我是魔術士嘛。」

她的主張的確有理，但還是得想個對策。

「芙蕾雅，幸好牠用後腳踢過來的是泥巴，如果踢來的是石頭可是會受重傷啊。這次算是運氣好。」

正統派魔術士會在前衛的保護下進行詠唱，再從後方施展大魔術給予敵人強烈打擊。

話雖如此，既然我們以少人數隊伍活動，就不能奢望這種狀況。必須要讓她有一定程度的自衛能力。

這是芙蕾雅的課題，一直以來都被我視為問題所在。

此時，我想起以前原本就計畫要幫她進行接近戰的訓練。

對了，我想到了好方法。

「剎那，以後妳每天早上撥兩個小時，鍛鍊一下芙蕾雅。」

「凱亞爾葛大人，這是命令嗎？」

剎那露出有些厭惡的表情，如此問道。

「沒錯。因為比起我，讓剎那來教應該更為合適。」

畢竟，我雖然有接近戰的技術，但終究只是從他人身上【模仿(Heal)】來的。

雖說是連努力過的經驗一併奪了過來，但很難說已經銘刻於自己的血肉之上。

相較之下，儘管剎那受到名為等級上限的高牆阻撓，卻依舊拚死地一路努力了過來。她應該比較適合擔任教師。

「嗯。如果是凱亞爾葛大人的命令，剎那就把芙蕾雅鍛鍊成能獨當一面的戰士給你看。剎那很嚴格。要注意別死掉喔。」

「麻……麻煩妳手下留情。」

儘管表情有些生硬，芙蕾雅依舊點頭接受。

光是沒拒絕就應該要誇獎她了。

「無論如何，得先把那身泥巴洗掉才行。不過我們手邊的水又太少了。」

「不要緊。附近有河川。」

剎那微微抖動她那白色狼耳，喃喃說了一句。

她的耳朵非常優秀。應該是聽到了我們聽不見的水聲吧。

「那麼，就在那沖個涼吧。反正我也想讓身體清爽一下。」

「贊成。剛才跑步害得我全身都汗流浹背，很難受呢。」

「剎那都可以。遵從凱亞爾葛大人。」

就這麼決定了。

我們快步朝向河川移動。

◇

剎那和芙蕾雅脫下衣服跳進了河川。

然後當場洗起自己的的衣服。在包包裡面有準備內衣褲等替換衣物，但是上衣類的面積太大，得趁這種機會好好清洗乾淨。

在太陽底下，有兩名美少女赤裸著身體站在河裡。真像是一幅畫。

芙蕾雅的身體充滿著女性魅力；剎那身材苗條，儘管尚未發育但卻散發出獨特的誘人色香，兩人的身體都非常出色。

剎那與芙蕾雅洗完衣服後，把衣服掛在樹枝上。

芙蕾雅在河川優雅地游泳，而剎那卻開始做出了奇怪的舉動。

她在淺灘用那蒼藍瞳孔凝視著水面。過了一會兒，揮動了自己的手臂。

「……還有那種捕魚的方式啊？簡直就像熊。」

我露出苦笑。

每當剎那揮動手臂，河川內的魚兒便飛上空中。

而且她還在不知不覺間挖了一個洞，用石頭圍成一個小型池塘，讓魚分毫不差落在該處。

剎那是在確保今日的午飯吧。非常有野性，這很好。或許是捕捉到足夠的量而滿足了吧，剎那嗯嗯連聲點頭。

這讓我想稍微對她惡作劇。

「呀！凱亞爾葛大人？」

我從背後緊緊抱住剎那，然後愛撫她那小巧的胸部。

「在這種地方做也不壞吧？」

「可是，芙蕾雅也在。」

即使是最近開始習慣做愛的剎那，在如此明亮又會被人注視的地方做愛似乎也令她相當害羞，雪白的肌膚瞬間泛起紅暈。

她緊張地四處張望，微微抖動她那對狼耳探查周遭的氣息。

當我捏住她敏感的地方時，她會抽動一下並摀住嘴巴，努力不發出聲音。

這刺激了我的施虐心。不僅是胸部，連下面也來疼愛一番。

「凱亞爾葛大人，住手，真的，沒辦法不出聲。不要啊啊啊啊啊啊！」

發出了非常高亢的叫聲。

這當然吸引了芙蕾雅的注意，她望向這邊，與剎那四目相接。

剎那眼裡已盈滿淚水。

「芙蕾雅，過來這邊。」

「是，凱亞爾葛大人。」

「芙蕾雅，很有趣吧？把這裡的形狀和自己的比較看看如何？即使同為女性也完全不一樣對吧？」

「真的耶。我是第一次看到其他人的，有點驚訝。」

「嗯……住手。別那樣……盯著看……啊，好奇怪。」

芙蕾雅筆直凝視著被我從背後抱住，愛撫著胸部與私處的剎那。儘管剎那被人注視感到害羞，但卻有著在那之上的興奮。

比平常的反應更好。

我試著在她耳邊低喃。

「剎那真是變態啊。被人注視居然變得更舒服了。」

「嗯嗯嗯、嗯嗯嗯嗯！」

剎那發出不成聲的悲鳴。

儘管已經渾身通紅，沒想到還會紅得更加鮮艷，真讓人大開眼界。

「從明天開始，芙蕾雅就要接受剎那的訓練了吧？我想說在那之前應該先讓妳們打好關係，所以希望妳能知道剎那可愛的一面……我會從後面好好疼愛剎那，芙蕾雅，妳就從正面疼愛她吧。」

「是，我會加油！」

「住……住手，芙蕾雅不用加油沒關係！不要繼續看！」

驚慌失措的剎那真可愛。已經十分溼潤了。我把她的身體抱起來，長驅直入。

「呀！好大。比平常還要……更大！」

然後擺動腰部。剎那的陰部又濕又熱。

儘管在兩人獨處時會發出舒服的嬌喘，但現在芙蕾雅也在場，她拚命地壓抑住聲音。這一點也很可愛。

「剎那，妳真可愛。」

芙蕾雅開始動作，舔拭剎那挺立的乳頭。此舉讓剎那瞪大雙眼。

還挺有一手的嘛。我也加快腰部的擺動吧。

芙蕾雅見狀，為了與我對抗吻了剎那，並把舌頭交纏在一起。不只如此，右手還開始挑逗胸部，左手則是愛撫剎那敏感的部位……是女性特有的進攻方式呢。

就這樣，我們兩人同時進攻，剎那的背部一鼓作氣往後仰。剎那的痙攣透過我的分身傳達了過來，使我也忍耐不住射出了精液。

剎那的眼神空虛，純白的獸耳也虛脫地癱倒。當我拔出那話兒放下剎那後，水面上便浮現了白色的物體。

「剎那，偶而這樣也不錯吧？」

「……很舒服。不過，剎那還是喜歡和凱亞爾葛大人單獨做愛。」

用溼潤的瞳孔說出這麼惹人憐愛的話啊。

此時我察覺到一股視線。芙蕾雅正一邊逗弄著自己的股間一邊朝我望來。

「那個，凱亞爾葛大人。看到剎那後，情緒就高漲了起來，我也沒辦法繼續忍耐下去了……請您……一併疼愛我。」

真沒辦法。就在這片藍天下好好疼愛芙蕾雅吧。

聽見了水聲。似乎是剎那站了起來。不知為何，眼神似乎寄宿著漆黑的某種思緒。

「剛才多謝妳疼愛剎那，剎那會好好回禮的……妳就在凱亞爾葛大人眼前，露出比剎那更羞恥的模樣吧。」

「咿！」

雖然芙蕾雅感到害怕，我反而期待了起來。

好啦，既然剎那也願意協助我，就好好地來疼愛芙蕾雅吧。

◇

在河裡沖洗身上的泥巴和汗水後，我開始料理剛才狩獵到的魔物肉。

剎那和芙蕾雅兩人已經精疲力盡地累倒了。

似乎是做得太過火了點。

老實說，我喜歡在戶外做愛，尤其偏愛在大白天從事這種行為。在太陽底下無拘無束地活

動筋骨是很舒服的一件事。

「好啦，我就先來煮飯好了。」

在場有精神的人只剩我了。只顧著玩都忘了要吃午餐，雖然有點晚，但還是製作一份優質的餐點吧。

她們倆讓我享受了一段愉快時光，這次該輪到我讓她們享受一番。

滿足性欲後就是食欲。享受性愛，大啖美食，盡情睡覺，這樣人就可以獲得幸福。

「野豬的肉果然很硬啊。」

從刀切進去的觸感就明白了。這是硬到無論用烤的還是用煮的都難以下嚥的食物。

不過，我的【翡翠眼】看出了這種肉有著提升物理防禦天賦值的適合因子。

就算難吃也得將其吃下肚。話雖如此，忍耐難吃的食物硬吃下去是三流做法。此時應該要在調理方法下工夫讓東西變得更美味再吃。

對了，有個不錯的調理方法。

「硬質的肉就該做成絞肉。」

我用石頭製作了湊合著用的砧板，把野豬肉塊放在上面，用劍充分地敲打。

接著，把剛才採來的山菜切碎後，摻入製成絞肉後的肉塊之中，再把乾燥的麵包揉碎後混在裡面，把水一起加進去仔細揉搓。充分地揉搓之後，再捏成小型的肉丸子。

在我的村子裡，為了烹調不能工作的高齡馬匹時經常會使用這種調理手法。由於高齡馬匹的肉都是硬梆梆的筋，沒處理過會令人難以下嚥，然而只要使用這種烹調方法，任何硬質的肉都會變得柔軟，讓人能美味享用。

接著再把水裝滿鍋子以篝火加熱，並從包包中取出用玉米發酵後製成的紅褐色調味料「小味噌」。

開始散發出小味噌的香味後，就把肉丸子丟入鍋裡。

「嗯，這樣一來也多少能抑止野獸的臭味了。」

儘管我也有想過直接把肉丸子烤來吃，但野獸的臭味強烈到就算摻入除臭的山菜也難以去除。

因此，我決定把肉丸子當作小味噌湯的佐料。畢竟小味噌的味道和香味都十分強烈，如此一來可以去除野獸的臭味。

「話說回來，剎那還抓了魚啊。」

她用宛如熊一般的狩獵方法，把魚集中在小池子中，我把那些魚撈起來後清除內臟，切成一塊一塊之後倒進鍋內。

另外，再把能吃的山菜和蘑菇洗乾淨隨意加進去。不僅可提升營養價值，也具有除臭的作用。

小味噌湯真不錯。不用思考太多，就算隨意把材料放進去也會把味道統整起來。

熬煮一段時間後，充滿魚與肉的營養滿點山菜湯便完成了。

「味道好香，剎那肚子餓了。」

不知何時醒來穿上了衣服的剎那從我背後探出頭來，微微抽動鼻子。

「這次是我的自信之作。有滿滿魚與肉的湯汁。」

「好像很好吃。想快點吃到。」

「幫我把芙蕾雅叫起來吧。」

「不用叫她，你看。」

我望向芙蕾雅那邊後，她正好醒過來，而且肚子還咕嚕咕嚕叫著。

然後滿臉通紅，羞澀地按住肚子。

畢竟做了那麼激烈的運動，也難怪她會肚子餓。

「的確是不用叫她呢。那雖然晚了點，來享用午餐吧。」

「嗯。剎那去拿盤子。」

剎那從包包裡面取出三人份的盤子清洗後幫忙拿了過來。

而我則是把放了滿滿肉丸子和大塊魚肉的湯盛進盤子裡。

芙蕾雅也慌張地穿好衣服移動到這邊。

好啦，到愉快的午餐時間了。

◇

「這個肉丸子雖然有點臭味，但卻非常軟嫩，有一股野性的味道，非常美味呢。」

「剎那比較喜歡有嚼勁的。魚肉最棒了。」

芙蕾雅優雅地吃著肉丸子，剎那則是嘎吱嘎吱地連骨帶肉將魚直接咬碎來吃。

我也拿起自己的那份湯。

儘管味道非常有特色，不過食材本身富含鮮味，讓人無法自拔。

肉丸子就如我所想的十分鬆軟。魚畢竟是剛抓到的新鮮食材。自然不會難吃。

「妳們兩個，還可以再來一份，需要嗎？」

「我就不客氣了……畢竟剛運動完肚子很餓嘛。」

「剎那也要吃。」

兩人都續了一碗。

只有肉的話就不夠了。幸好剎那有幫忙捕魚。

「凱亞爾葛大人，這道料理不僅是美味，還讓人湧出一股力量，真不可思議。」

我有點驚訝。不愧是感覺敏銳的冰狼族。儘管天賦值只上升了一點點還是察覺到了。

「其實材料方面使用了剛才打倒的野豬魔物的肉。雖然一般來說吃下魔物的肉會中毒，但只要使用流傳在我村子的祕方，不僅會變得可以食用，甚至還會稍微變強。」

「……凱亞爾葛大人，好厲害。除了提高等級上限以外。居然還有辦法變強。」

吃下魔物吸收【適合因子】就能變強，但前提條件是要透過【淨化】，去除魔物的瘴氣。知道這件事的人可說是寥寥無幾。

聽到這件事的剎那，以閃閃發亮的尊敬眼神看著我。

冰狼族渴求強大，正因是即使在那之中也比一般人更加倍渴望變強的剎那，才會做出這樣的反應。

「除此之外，還有許多隱藏起來的壓箱寶。我絕不會讓剎那後悔成為我的所有物。會讓妳變得在這世上的實力僅次於我。」

「打從一開始，剎那就不打算後悔。你已經幫助了剎那一輩子的量。所以今後，剎那只有不斷償還。」

真是值得讚賞的態度。

恐怕不會再得到有著如此素質的人才了吧。我得慎重運用。

「既然能變強，那就得多吃點才行！我也要努力能動得和剎那一樣快！」

看到芙蕾雅對剎那燃起了對抗意識，我對此露出苦笑。啊，一口氣吞了太多下去反而噎到了。

看到這一幕的剎那露出了些許微笑。

這種悠閒的時光讓我感覺十分珍貴。

後來，我們把鍋子一掃而空才出發。

儘管繞了一些遠路，我們還是在入夜前回到了拉納利塔的旅店。

夜晚也疼愛了她們兩人……在兩人都熟睡之後，我開口說道：

「我可不會當個窩囊廢。絕對會完成復仇。接下來是【劍】，再來是【砲】。等著我吧，布蕾德、布列特。」

我的復仇還沒有結束。現在只是在進行準備工作，已確實地播下了種子。

差不多也到該發芽的時候了。

我想著那種事，同時進入了夢鄉。

第二話 回復術士享受復仇甜點

回到拉納利塔後過了兩天。

今天我們三人一起來到酒館。為的就是來這吃美味的餐點。

偶爾也有必要像這樣享受餐點娛樂一下。

我思考著這樣的事，選了一間以餐點美味而聞名的店。

進到店裡幾分鐘之後，我們點的餐點上菜了。

「凱亞爾葛大人，味道好香。」

「對呀，有肉和番茄，再加上濃濃的香草氣味，真讓人難以抗拒。」

同行的兩人似乎很享受，真是太好了。

我們點的是這間店的招牌菜——燉牛肉。

飼育牛隻得花的飼料費以及時間，比雞豬還要高出數倍，因此牛是所謂的高級品。使用此等高級食材，並花費大量時間與數種蔬菜一起燉煮，再使用各種香草和香料製成的燉牛肉，自然相當昂貴。

有時候會沒來由地想吃這種極為費工的佳餚。

自從離開城鎮旅行之後，往往無法費心製作料理。所以這是在鎮上時才能享受到的味道。

而且這間店的燉菜裡除了一起燉的牛肉之外，作為最後一道工程，還會把烤得半熟的牛排切成一口大小後再加進燉牛肉裡。

據說，為了要讓燉菜本身變得更加美味，這個餐點中的燉肉得燉到溢出肉汁，但這樣一來牛肉本身會失去滋味，沒有辦法品嚐到真正的感動。

而把柔嫩的牛排淋上滿滿的燉菜汁享受，才是最為美味的吃法。

「那我們馬上開動吧。」

「是！凱亞爾葛大人。」

「嗯，剎那也要吃。」

接著，我們開始用餐。

首先是燉菜湯。

入口的瞬間就讓人驚豔。含有數種蔬菜的多層次鮮味，配合上肉的口感可謂相得益彰。香草與香料讓味道更具深度，讓燉菜的完成度晉升到另一種境界。

再來，我把充分淋上醬汁的牛排放入口中，這才了解店長說用燉菜燉過的肉會沒有滋味的含意。

鎖起肉汁烤得半熟的牛排，沾上燉牛肉後吃下的那種感動可真是一絕。

儘管是昂貴的料理，但是有與其相符的價值。

「真好吃！而且麵包也很白嫩鬆軟。」

至於附餐的麵包，也不是我們平常吃的以保存為前提烤得硬梆梆的那種，而是鬆鬆軟軟的白麵包。充分地沾上燉菜後吃下的感動實在令人難以言喻。

「剎那，很喜歡這個葡萄酒。甜甜的很順口。雖然冰狼族的烈酒也很棒，不過這個也很美味。」

一起點的葡萄酒也是極品。看來使用了上等的葡萄製成。

我們三人繼續吃著飯。

點的餐當然不只是燉牛肉。我們把這間店的推薦菜單全都點過了一遍。

「凱亞爾葛大人，今天為什麼這麼奢侈？」

「剎那雖然很開心，但也有點在意。」

「算是稍微歇息吧。而且在後天把恢復藥賣給商人之後，就會離開這城鎮。所以我想趁現在先品嚐只有在這個鎮上才能吃到的食物。」

當我提到會離開這個城鎮的瞬間，兩個人的臉都僵住了。

「發生了什麼事嗎？」

「稍微有點火藥味，還聽到了許多不好的傳聞。在變得舉步維艱之前，似乎先前往其他城鎮比較好。」

有情報指出，吉歐拉爾王國的首都向拉納利塔派遣了中等規模的部隊。

透過【模仿】而累積的無數經驗告訴我，情報最為重要。所以會用治療怪病的特效藥賺來的錢，定期從幾名情報販子手中收集情報。

拉納利塔的居民獨善其身的習性可說是一種常識。所以有很多人消息靈通，只要有錢就能獲得他們身上的情報。

派遣過來的，似乎是新編制的特別部隊。

很有可能是因為留在城裡的冒牌貨的身分曝光，王國察覺到【癒】之勇者凱亞爾還活在世上。

話雖如此，我已經改變了相貌和名字。應該是不會曝露行蹤，但還是小心為上。

就算不是因為這樣，也有可能是因為吉歐拉爾軍襲擊冰狼族村落一事失敗，所以這次聚集更多戰力再次襲擊。到時候，應該也會尋找協助冰狼族的犯人。

再賺最後一筆就快點閃人吧。這樣才是最安全的。

而且……

「可惡！酒還沒來嗎？」

「酒！把酒拿來！」

坐在與我們相隔兩張桌子的一群男人正在吵鬧著。

他們的頭上和手腕都纏著繃帶。

是襲擊冰狼族的吉歐拉爾王國兵。

能夠活下來是因為他們臨陣逃亡。

像這樣的人還為數不少，使得這城鎮的治安持續惡化。

臨陣逃亡是死刑。他們已經無法再回到王國。

所以才會賣掉裝備，在拉納利塔過著有一天沒一天的生活。

他們望向了這邊。

「喂，小哥。那個冰狼族是你的奴隸嗎？」

他們是我要離開這個城鎮的第二個理由。

「沒錯。她是我的東西。」

「噢，那可不可以賣給我們啊？我想好好地疼愛她一番！錢用這個付就夠了吧？」

那名男子用下流的眼神看著剎那，扔出了一枚銀幣。

還從胸口取出了身為吉歐拉爾王國兵證明的徽章。

明明在敵人面前逃亡，卻還想假借吉歐拉爾王國的名號作威作福，實在人渣。

「不夠呢。想要剎那的話就拿一千枚金幣過來。」

她是具有耀眼天賦的最棒人才。

怎麼可能拱手讓人。

「啊？你沒看到這徽章嗎？我可是吉歐拉爾王國的士兵喔。你知道違逆我會有什麼下場嗎！」

噢，看來這男人好像沒察覺我就是在那個戰場上出現的【劍】之勇者。
不枉我戴著面具和斗篷隱藏容貌和體型，功效顯著。
「那又如何？飯都變難吃了，快滾吧。」
「你這傢伙，我殺了你！」
男人朝我揮拳過來。
是嗎，你也是我的敵人啊？
我是和平主義者。只要不會加害到我身上，就不會主動出手。
只是，一旦成為敵人就絕不寬容。來得正好。我正想要一個吉歐拉爾王國兵的身分。
我真是幸運。畢竟能這麼湊巧地就製造了復仇對象。
當朝我揮拳的那一刻開始，他就成為了我的敵人。
不，不對。在他打算奪去我的所有物剎那的當下，就很明顯是我的敵人了。
好啦，要閃過他這一拳根本易如反掌。
但至少就讓他揍個一拳吧。只要想到他的未來，這點程度的服務根本不算什麼。
於是我咬緊牙根。
不過，那一拳並沒有揍到我身上。
「絕不允許任何人傷害凱亞爾葛大人。」
遭到男人覬覦的剎那本人接下了這一拳。還順勢直接鎖住對方手臂，將他壓倒在地。

「呀啊啊啊啊啊，好痛——————我的手，要斷了，要斷掉了——————」

剎那身懷高超的實踐用格鬥技術，不是只依靠高狀態值或是依賴技能，能將此活用的技術才是她的強大之處。

「要滾，還是要死，限你三秒內選一個喜歡的。」

剎那起身，製作出冰爪抵住男人的喉嚨。

這是個弱肉強食的城鎮。強者才是正義。

男人丟臉地回到原本的位子上。

「剎那變強了呢。」

「因為凱亞爾葛大人每天都很疼愛我。」

剎那邊紅著臉邊洋洋得意地說道。

剎那打從一開始就很強了。不僅有優越的天賦值和天才般的戰鬥直覺，再加上日積月累的修煉。

只是，等級上限很低將一切都搞砸了。現在透過【勇者】之力反覆供給體液來突破等級上限，剎那的等級也終於提高到二十級了。

簡而言之，就是和普通的人類同樣水準。剎那除了等級上限以外的一切都很優秀，一旦達到這種等級，自然不會輸給一般人。

剎那原本就很強，今後每次升級，還會越來越接近超越者的水準。我對此感到非常期待。

剎那具有甚至能與那個【劍聖】一戰的資質。

「沒有下手殺他，真了不起。」

「嗯。因為流血會很臭，飯會變得不好吃。而且很麻煩。」

在店裡殺人是有點太超過了。對於討厭人類的剎那來說已算是相當忍耐。

「凱亞爾葛大人，那個人類真不可思議，居然會想要剎那。」

「這也沒什麼不可思議的。因為剎那很可愛。我之所以想得到剎那，也不是單純因為妳很強。」

「……好開心。剎那今天晚上也會努力侍奉凱亞爾葛大人。」

被我誇獎可愛的剎那搖著尾巴表示開心。

這樣的剎那實在惹人憐愛，於是我摸了摸她的頭。

「雖然也因為是剎那可愛，但對方八成是想發洩怨氣。他們想把慘敗給冰狼族的這股恨意在床上宣洩。凌虐無法抵抗的女人，藉此沉浸在優越感之中。真是下三濫才會有的思考。」

開始充斥著這種宵小，也是我打算離開這城鎮的理由。

因為襲擊冰狼族失敗而敗逃的士兵，開始把這股怒氣發洩到已經成為奴隸的冰狼族身上。為此，說不定還會有人買下冰狼族奴隸，或是虐待相似的亞人以此為樂。

人類真是愚蠢又醜陋。

「真可悲。」

「算啦，就是這樣。比起那種事，還是先享受料理吧。聽說這裡的甜點也很美味，盡量點吧。」

我對剎那及芙蕾雅投以微笑。

今天是為了享受料理而來的，要以這件事為優先。

「哇，連甜點都有啊！我可以看一下菜單嗎！」

「剎那也要看。嗯。只看名字不知道是什麼樣的甜點。」

「那麼，就讓我來告訴妳吧。首先，這個可爾迦納是把雞蛋加進牛奶……」

畢竟她們倆都是女孩子，對於甜食似乎沒有抵抗力。

剎那正把狼耳豎起到極限，聆聽著芙蕾雅的說明。

我往回到自己座位男子瞄了一眼。

他正喝著酒，對同桌的人發著牢騷。

傻傻的。完全沒發現自己已經死了。

我對想掠奪自己所有物的人絕對不會寬待。

我……不會再讓任何人從我身邊奪走任何東西，對我的東西出手的傢伙，要給予應當的處罰。那種程度怎麼能讓我善罷甘休。

男子的手背出現了一個類似被蚊蟲叮咬的小紅斑。

趁著剛才那場騷動，我做好了該做的事。

順便復仇的同時，也讓他當我最近製作的暗器的實驗品。

在我們吃完飯的時候，那毒素應該會正好擴散至全身。

像這種遲效性的毒也意外地不錯。有著各式各樣的用途。

可以不被人打擾像現在這種愉快的用餐時光，無情地殺死對方。

「凱亞爾葛大人，我們選好了！」

「剎那想吃放有滿滿水果，鬆鬆軟軟的那種！」

男子什麼都沒察覺，正愉快喝著酒。看來他還會在這間店待上一會兒。

沒想到在享用甜點後，還能另外享受到復仇的樂趣。

而且在我的口袋裡面，有他剛才秀給我看的吉歐拉爾王國兵徽章。

他的名字、模樣和身為王國兵的立場。

這些就在他死後讓我有效活用吧。

「嗯，甜點也不錯。偶爾吃一下甜食也不壞呢。」

一邊吃著甘甜的甜點，我一邊思念著飯後的甜美復仇。

第三話 回復術士有了出乎意料的再會

今日行走在貧民區。

我想起了昨天在酒館遇見的男子。

那死法還真是壯烈啊。

我的袖口藏有塗上暗器毒藥的針，只要輕輕一刺就能造成致命傷。

能在實戰使用前先測試真是太好了。

要讓效果顯現大約需要四十分鐘左右，一旦發病到死亡為止約莫一個小時。屆時會痛苦地掙扎死去。

很適合用在不想引起騷動收拾對手的情況。

使用那個真是太好了。那名男子是在離開酒館後才發病的。我不想給端出那麼美味料理的酒館添麻煩。

「剎那，不太想靠近這裡。」

剎那一邊走著，一邊沒好氣地說道。

也是，畢竟這裡在她當初被當作奴隸販賣的店附近。應該覺得不是滋味吧。

「忍耐點。我想今天大概是最後一次靠近這一帶了。」

在結束這次的交涉後，我打算離開拉納利塔。

既然吉歐拉爾王國已經派遣了大量士兵前來，繼續待在這城鎮會很危險。

「不過話說回來，今天鎮上莫名吵雜呢。」

「畢竟王國派來了大量士兵，還嚷嚷著說要讓他們常駐在此嘛。這城鎮多半都是做過虧心事的傢伙，自然會很在意吧。」

已經有士兵抵達這裡了。

拉納利塔是個無論好人壞人都一視同仁接納，進而發展的城鎮。

因此王國兵不怎麼受到歡迎。

我握緊放在口袋裡的王國兵徽章。

這是昨天從打算對我的剎那出手的愚蠢之人身上搶來的東西。

只要有這個，就能冒充王國兵獲取他們的情報。

我想在出發前知道他們是為了什麼才來這裡。

「話說起來，今天早上去買早餐時有聽到風聲。好像是說【劍聖】小姐和王國兵一起來到這個鎮上了喔。」

「什麼？」

我不禁反問。

她是我在這次的世界第一個進行【恢復】的對象。
而且，就算堂堂正正與她交手也有可能會輸。
儘管能【模仿】技能，卻無法【模仿】特技。更何況我的等級也還沒追上她。
假如從正面交手，勝算可說是微乎其微。
「真想跟她見上一面呢。好像是很標緻的美女喔。」
「我還納悶鎮上的人怎麼比平常還要吵鬧，原來是因為【劍聖】也來了啊。」
以個人能力來說，【劍聖】是吉歐拉爾王國的最強戰力。
理所當然的，除非有重大狀況，否則王國不會派出【劍聖】。
既然她在大庭廣眾下現身，意味著事態非常嚴重。
……看樣子，我還是先假設留在城裡的冒牌貨已經完全穿幫了比較好。
「差不多快到平常去的店了呢。」
所謂平常去的店，就是和商人進行恢復劑交易的那間咖啡廳。
應該再過不到五分鐘就抵達了吧。
「真是的，討厭的事接踵而來啊。我還想說在離開鎮上以前要避免惹事生非呢。」
從剛才開始，自【劍聖】身上【模仿】而來的看破和無數的經驗都在拉響警報。
偏偏在這個時候啊。
「芙蕾雅、剎那，我去拿忘記的東西。」

儘管對方自認巧妙地隱藏在店的周圍，但還是可以發現幾個可疑的氣息。

如果不是我就察覺不到。看來身手相當了得。

人數大約二十人左右。

光從人數來考量的話，是比面對襲擊冰狼族的那群傢伙時還來得輕鬆，但這次狀況比較嚴苛。

這個場所複雜，又有許多地方可供躲藏，在保護芙蕾雅這個魔術士的同時還得和暗殺者交手，實在不利。

就算與剎那聯手，能不能保護芙蕾雅也是問題。

「忘了東西嗎？」

「看樣子，我好像把最重要的恢復藥給忘了。趕緊回去拿吧。」

不能讓潛伏的敵人發現我已經注意到他們的存在。

得快點移動到大馬路上，到了那裡就能一口氣逃掉了。

「即使是凱亞爾葛大人，也會有冒失的時候呢。」

「是啊，畢竟我也是人嘛。」

「嗯。快走吧。」

看來剎那似乎也注意到了。冰狼族的鼻子和耳朵很靈敏，自然很擅長發現潛伏的敵人。她牽著芙蕾雅的手催促她前進。

我們循著原路回去，並沒有追趕過來的氣息。

如果他們能以為我們真的是去拿忘記的東西就好了。

「來了，凱亞爾葛大人！」

剎那大聲喊叫，但其實不用她提醒。

背後有襲擊者拿著短劍飛撲過來，我拔劍將其彈開。

並在敵人失去平衡時切斷對方的頸動脈。

血液頓時噴湧而出。

隨後，有另外一人從剛才那傢伙的反方向死角襲擊了過來。我朝敵人伸出左手。

就算是死角，【劍聖】的【看破】依舊能察覺對手的動作。

我從左側袖口射出暗器飛針，命中了敵人的胸口。而男子也隨即癱倒。

左手藏的並非是像右手的那種遲效性毒素，而是具有速效性的神經毒。

「真是的，居然會遇到強盜，實在不走運啊。」

明明一轉眼就幹掉了兩個人，但敵人卻絲毫不為所動。

默默消除氣息的集團將我們團團包圍。

一觸即發。場面頓時更顯寂靜。

要如何打破這個僵局呢？

正當我思考著這件事時，有兩個男人光明正大地從正面現身。

是和我交易恢復藥的商人，以及他的護衛。

「這不是凱亞爾葛大人嗎？想說怎麼等都不見你來商談，我可擔心了呢。」

「我應該沒有向你報上自己的名號吧……庫因塔。」

我們都對這是一筆危險的交易有所共識，因此彼此都沒報上姓名。

即使如此，這個男人卻依舊以凱亞爾葛稱呼我，是在聲明自己知曉我的一切，就算逃走也沒用，一種商人的威脅手段。

所以，我也有樣學樣。

為了能稍微令對方感覺到恐懼，叫了商人的名字。

那甚至並非是他表面上自稱的名字。

而是他隱藏的本名。

用【翡翠眼】就能做到這點。

「……應該有人在你的後台撐腰吧。」

「這可不好說呢。」

一旦敵方自顧自地開始對我產生恐懼，就會變得比較容易行動。

我臉上露出了意義深遠的笑容。

「商人，別再演這種爛戲了。襲擊我的理由是什麼？」

「我希望你能說出藥的製法。儘管我透過祕密管道賣藥，不過一旦賣得不錯，就難免會走漏風聲。如今出現了一名想進一步擴大生意規模的共同出資者。所以只靠你製作的量根本就遠遠不夠。」

「噢，什麼啊。原來是因為你無能才搞砸了啊？我想你剛才提的共同出資者，無論立場或是財力八成都比你更勝一籌吧？連這次襲擊所派來的人員也是抱那傢伙的大腿找來的吧？真是可悲的傢伙。」

商人的假笑一瞬間出現了裂痕。

商人洩漏祕密導致我陷入困境，早已在預料之中。

一旦其他人知道這種賺錢的生意，肯定會想要參一腳。

為了繼續賺錢，嚴守祕密是絕對條件，然而這名商人卻破壞了這個約定。

不過如此罷了。

「……不是的。這是為了擴大利潤的戰略。」

「算了，沒關係。總之包含剛才死掉的兩人在內，你一共僱用了二十二個專家啊。為了抓住我，讓我吐出藥的祕密，居然還大費周章聚集了這麼多人，真是辛苦你了。那麼，我再弄出二十個人的屍體就行了吧？不對，包含你和護衛在內是二十二個人。雖然很麻煩，但也別無他法了。」

我拔劍擺好架勢。

商人開始冒出冷汗。

「哈哈哈，看來你挺強的呢。不過，還要顧慮到身邊的兩個拖油瓶，就算是你也無計可施吧。」

嗯，確實如此。

如果只有我一人在這，應該很輕鬆就能還以顏色。

但是，現在芙蕾雅也在。而且剎那要面對這個人數還是有點吃力。

要一邊守護她們一邊戰鬥是不可能的。

但是那又如何？

「你好像誤會了什麼。她們是我的道具。如果會扯我後腿就把她們捨棄。我呢，就算對這兩人見死不救，也會把包含你在內的所有人趕盡殺絕。所以她們不會成為我的枷鎖。」

「你……你只是在逞強。」

「你認為我在逞強嗎？」

看到我的眼神後，商人退後了一步。

想必他察覺到我是認真的了。

無論芙蕾雅還是剎那都很方便，又具有不可取代性，是我優秀的所有物（玩具）。

畢竟我也對她們有留戀，想保護她們。話雖如此，不會比我的性命更加重要。

尤其是芙蕾雅，原本就預定要讓她為了保護我而死。只是那一刻來得早了點，這並不是什麼大不了的問題。

商人還一臉沾沾自喜，認定她們倆是我的弱點，實在滑稽。

商人啞口無言。

看來他總算發現自己失去了交涉的契機，只要走錯一步自己就會慘死。

他出現在這個地方，讓彼此的立場形成對等。

那麼，應該還能做比較正常的交涉。

好啦，就由我先開口提出吧。

「……不過，雖說是道具，我還是很中意這兩人。希望能避免因為這種無聊的事情弄壞她們。好吧，不過是製藥方法就告訴你吧。這樣的讓步如何？你支付我五百枚金幣，我就把製法賣給你，為了要證明製藥方法正確無誤，我會在你眼前調配藥劑，也會把所需材料告訴你。只是我使用的魔術沒辦法教給你。不過只要知道完成品和材料，專業的調配士應該就能成功再現了吧？」

實際上，就算知道了他們也沒辦法做出來啦。

「……那就這樣吧。條件是你得當場製作，至於藥的配方我就以五百枚金幣買下吧。」

他答應了。

不，他也只能這麼做。因為商人已經注意到了。我不可能再繼續妥協下去。如果他表現得更為貪得無厭，只會死在這裡。

「首先是枸杞葉、柊菇、奇嗟拉的果實。」

我從包包拿出製作恢復藥的各種材料。是在附近採收的藥草、樹果還有蘑菇等，沒有讓人耳目一新的東西。

接著，在商人的面前萃取出有效成分。

商人指示說要把使用過的剩餘材料交給他，所以我把用完的材料一一交過去。

最後是從水壺倒入「特別的水」，用魔術來合成。

唯有特別的水在把我連同水壺交給他的前一刻，偷偷用魔術變成了普通的水。只要不是魔術的專家，是不可能看穿我特意隱藏起來使用的魔術。

交付水壺之際，商人並沒有察覺到這個異變。

這傢伙真笨。

那水壺的內容物是從我的身體所製成的抗體，那才是最重要的成分啊。這樣一來，他絕對不可能重現出恢復藥。

「這樣就完成了。做法已經全部讓你看過，使用材料也給你了。這樣應該滿意了吧？」

「慢著，要先等我確認這個藥是不是真貨呢。」

看樣子，似乎有輕微症狀的怪病感染者在場。

讓那傢伙喝下去後確認了效果。

「呼哈哈哈，太好了，太好了。再來就是把這份藥交給調配士，把材料和剛才的工程全部告訴他後就能再現出來了。說什麼『使用了在這個國家沒辦法取得的特別素材』啊？根本就是天大的謊言。」

他笑了。

不停地笑著。

「嗯，你就隨心所欲地去賺吧。不過在那之前先付錢給我啊。你好歹也是商人，可別在交易時撒謊啊。」

「哼，這點小錢就給你吧。反正我接下來就要大賺一筆啦！」

商人把一個裝滿金幣的袋子扔了過來。

然後發出大笑揚長而去。

周圍暗殺者的氣息也跟著消失。

「凱亞爾葛大人，真的很抱歉。都是因為我，才害得你得賣掉藥的祕密。」

「剎那也很不甘心。什麼都辦不到。剎那還遠遠不夠強。」

她們兩人的情緒都很低落。

真令我驚訝。對於我說要把她們棄而不顧的事情沒有生氣。那並非是演技，她們打從心底認為那是理所當然。

反而比較像在後悔扯了我後腿。

這才是作為我所有物的正確態度。今後也好好疼愛她們吧。

我對她們投以微笑。

「不要緊。我原本就說過了吧？這是最後一次靠賣藥來賺錢了。我根本沒什麼損失。倒不如說最後還得到了五百枚金幣，根本就是大賺啊。」

沒錯，打從一開始我就把這當成是最後的交易。

我準備好的恢復藥有三十瓶。

像平常那樣以一瓶十枚金幣的價格來算，應該會得到三百枚的收入。

然而現在卻變成了五百枚金幣。

這次的交易還讓我多賺了兩百枚金幣。

「……可是好不甘心。那傢伙對凱亞爾葛大人做了那麼過分的事，居然還能賺錢。」

「沒有這回事喔。那傢伙肯定會大虧一筆。首先，他沒辦法重現那種恢復藥。」

最重要的是用我的血製成的抗體，但是我在最後將它偷天換日了。

第一……

「因為剎那的請求，我已經恢復了水源，還進一步調整成甚至能治好怪病。真可憐啊，這場怪病只要再過十天就能順利平息。目前也已經減少了許多案例。即便他奇蹟般地重現出恢復藥，藥也賣不出去。那傢伙白白損失了五百枚金幣。」

那個商人在最後的最後因為貪得無厭而失敗了。明明如果這次也老實地買下恢復藥，在怪病平息之前把它賣出去就能大賺一筆了。

況且，一旦做不出藥，他剛才提到的共同出資者肯定會讓他受到悽慘的對待吧。

他臉色鐵青的身影簡直歷歷在目。

我不會原諒打算掠奪我的傢伙。

所以，就讓那傢伙身敗名裂了。

「不愧是凱亞爾葛大人。真是痛快多了！我們快點離開這個城鎮吧。」

「嗯，不想再繼續被捲入糾紛了。剎那也贊成。」

最後爽快地結束了，這個鎮也久留無益。

就在我這麼想的那一瞬間。

全身起了雞皮疙瘩。

怎麼回事？這尖銳刺骨的壓倒性劍氣是什麼？

我在恐懼的驅使下揮劍。

劍與劍互相碰撞。

「真了不起，居然能接下這招。」

「妳是……？」

那是具有一頭銀色秀髮的美麗少女。簡直就像妖精一樣楚楚可憐，更宛如一把鋒利無比的劍。

比我揮劍速度更快的這名少女，其真正身分是……

「你的劍，毫無疑問是葛萊列特的劍技。雖然已經聽說了，但沒想到真的有人能夠施展

呢。那麼，可以告訴我你是在哪學會這套劍技的嗎？」

【劍聖】克蕾赫・葛萊列特。

吉歐拉爾王國的最強劍士。是我目前無法以一對一方式取勝的，為數不多的對手之一。

第四話 回復術士發現新的玩具

【劍聖】克蕾赫．葛萊列特。

吉歐拉爾王國最強的劍士。明明不是勇者，等級卻是45級的人類頂點。

持有【劍聖】這種超級稀少而且強力技能及特技的職階。

儘管技能和特技都令人膽寒，但最具威脅的，是透過努力和經驗鑽研出來的無窮劍技。

「果然啊。能夠接下我的劍，那套劍路毫無疑問是葛萊列特的劍。居然可以三度擋下我的劍，就算是師範級別也不可能。你……到底是什麼人？」

脖子稍微被砍到了，上頭開始滴血。

這意味著我無法完全接下克蕾赫的劍。

因為克蕾赫一口氣就能放出三次斬擊。

如果不是我已經當場斃命了。明明我已經【模仿】【劍聖】的技能，並且清楚她所有的經驗預想了劍路，卻淪落到這副德性。

葛萊列特的劍技是特化在實戰上，去除多餘部分而完成的劍技。然而，她的劍技卻比任何人都還要華麗。

銀色秀髮隨風飄逸的克蕾赫，與那高超的技藝相得益彰，其存在本身就是一把美麗的劍。

我跳向後方，拉開大約一公尺的距離。

克蕾赫並沒有縮短彼此的距離。

話雖如此，還是不能掉以輕心。

以她的身手，這點程度的距離甚至連一次呼吸都不用吧。

「冷不防地就砍了過來，真是特別的招呼啊。只是我對自己為何會被砍完全沒有任何頭緒耶。」

我舉劍擺好架勢，一邊警戒一邊露出微笑。

論劍技，我不是克蕾赫的對手。

贏不了的理由有好幾個。

首先，是等級差距，再來，她的技能因【劍聖】特技而強化，甚至連體能也略遜一籌。

而且，即使我能重現克蕾赫的劍技，這套原本就是與她的肉體配合為前提而最佳化過的劍技。就算有調整成適合成我本人揮的劍技，依舊敵不過本尊。

「你是殺害王國士兵的重罪之人。而且還玷汙了葛萊列特之劍的驕傲，死不足惜。」

「……這是什麼意思？」

「別裝蒜了。我之所以會來這個城鎮，就是為了肅清同門。前幾天，冰狼族的村落遭到襲擊。襲擊者中有一名非常精通葛萊列特劍技的劍士。為了守護冰狼族而作戰的王國兵都被那男人所殺。假如葛萊列特的劍士真的誤入歧途，那就只有我能阻止，這也是我身為當家的義務。所以我才來到這裡。沒想到居然真的有葛萊列特的劍士，實在令人驚訝。」

聽到她的說詞，讓我理解了大部分的狀況。

噢，原來如此。

克蕾赫之所以到這裡，是因為王國襲擊冰狼族的作戰失敗的緣故。

不過話又說回來，王國居然說是為了保護冰狼族的村落才派遣軍隊，還真是撒了個讓人發笑的謊啊。

肯定是神經不正常才能捏造出這種鬼話。

話雖如此，我也太大意了。

既然有那麼多的王國兵，想必也會有人知道我使用的是葛萊列特的劍技。

「所以，妳一看到劍士就不分青紅皂白砍過去，從對方擋下的劍路來判斷嗎？這樣跟試刀殺人沒什麼不同啊。」

「不對。只要觀察步法，就可以明白是否使用葛萊列特的劍技。我觀察了鎮上的人後，發現只有你是葛萊列特的劍士。所以才會尾隨在你身後。不出我所料，你果然和一群可疑人士有所勾結。」

這是今天第二次被嚇到了。

明明一直保持警戒，我卻完全沒發現她在跟蹤。

哪怕是超一流的暗殺者，只要有人跟蹤，我就有自信發現，這傢伙也太怪物了吧。

「不僅如此……你還帶著冰狼族的奴隸，那就是再清楚不過的證據！」

用力地指著冰狼族的剎那，克蕾赫如此宣言。

本人是覺得這推論無懈可擊吧，表情一臉得意。

被指著的剎那則是露出了非常不悅的表情。

剎那走到我的前面，張開雙手袒護我。

「凱亞爾葛大人，不是壞人。相反。冰狼族的村落遭到人類襲擊，凱亞爾葛大人是保護了我們的恩人。剎那雖然是奴隸，但那是為了支付保護村子的代價，才會成為凱亞爾葛大人的奴隸。」

剎那一邊瞪著克蕾赫一邊說明狀況。

這助攻不錯。比起我自己說明應該更容易讓她信服。

「騙人。就是因為要守護冰狼族才會派遣王國兵啊。如果那是真的，那王國兵不可能和這個人戰鬥。」

「妳的前提就搞錯了，是王國兵襲擊冰狼族的村落。王國為了訓練士兵及獲得資金，在軍方沒有工作時，會派他們襲擊亞人的村落，把村民當作奴隸賣掉。我是為了這個女孩才和王國兵戰鬥。」

好啦，如果她能相信我的話就再好不過了……

「是嗎，原來是這樣啊。」

果然不行嗎？

就算不聽她接下來怎麼說，光從劍氣沒有絲毫減弱的情況來看，就能得知克蕾赫做出了何種判斷。

「你不僅襲擊冰狼族的村落，還把那麼天真無邪的少女當作奴隸支配，讓她撒謊。像你這種旁門左道，只能在這裡將你斬殺了。」

算了，這也在所難免。她打從一開始就認為我是惡人，那麼我和我的奴隸剎那的話語，與王國的說詞相較之下，她會選擇相信後者。

吉歐拉爾王國表面上是個健全的國家。

她不會相信軍方設立了組織襲擊亞人的村落，甚至還當人口販子吧。

「……我姑且也算是妳的救命恩人啊。」

不禁發了句牢騷。

我開始後悔當初救她了。

「恩人？什麼意思？」

「不，什麼事都沒有。妳信或不信另當別論，我講的都是真話。希望妳至少能先收手，去確認一下事情的真相如何。只要稍微探查一下，王國汙穢的一面可說要多少就有多少喔。」

這是我最大的妥協點。

【劍聖】克蕾赫·葛萊列特。我很尊敬她。

憧憬著她的強大與美貌。

所以我不太想對她做出過分的事。

何況我很清楚她不是壞人。她也只是被蒙在鼓裡的被害者。只不過是打算完成自己的職責罷了。

目前還是我能忍耐的領域。只要她願意在此收手我就原諒她。

但是，即使如此……

「沒有那個必要。我現在就要在這將你定罪。只要從你身邊解放，那女孩應該也會恢復神智。」

她依舊把劍鋒朝向這邊。

啊，根本不行嘛。真是的，居然不由分說就打算對我施暴。再加上用這種方式被冠上莫須有的罪名。

剛才被稍微砍到的脖子開始隱隱作痛。

我內心那混濁黑暗的欲望，開始在體內暴動了。

這傢伙不僅打算對我做出嚴厲的懲罰，還擺出好人的臉孔要帶走剎那。

我不會原諒打算掠奪我的傢伙。

住手，克蕾赫·葛萊列特。我會把妳……

啊啊，再這樣下去……

「克蕾赫．葛萊列特，妳要成為我的敵人嗎？」

「我是這麼打算的。」

她往前踏出了一步。

就在那一瞬間，大約人頭大小的火球朝著克蕾赫襲擊過去。

「我從剛才開始就一直默默聽著沒有插嘴！凱亞爾葛大人……可是救大家免受怪病之苦，還拯救了冰狼族的英雄耶！我不許妳把他當罪人看待！」

是芙蕾雅。她放出了魔術。

如果是一般騎士，根本連閃避或接下都辦不到，直接被活活燒死吧。可是克蕾赫卻切開火球，就這樣直接加速。

「咿！」

她用掌打攻擊發出慘叫的芙蕾雅下巴，讓她昏了過去。

「斬殺女人小孩不是我的興趣。稍微睡一下吧。妳和冰狼族的女孩子只是被這個男人利用，我不會對妳們出手。」

腦袋開始錯亂。

這個女人，傷害了芙蕾雅，傷害了我的所有物（玩具）。

很好，這下我明白了。

朝我砍來，打算帶走剎那，又傷害了芙蕾雅的這傢伙……

只是單純的復仇對象。

「你……到底？」

發現了許久未見的獵物，我體內的黑暗面因此歡喜。

克蕾赫像是害怕著什麼似的往後退了一步。

「嗯，我已經忍耐很久了。克蕾赫．葛萊列特，妳為什麼會如此愚蠢呢？這樣我豈不是只能把妳弄壞了嗎？」

我發出嘲笑。

好啦，該讓她受到報應了。

既然對方是復仇的對象，那我就絕不輕饒。讓她成為我的新所有物（玩具）吧。

首先要蹂躪她。

以一名劍士來說，我與【劍聖】克蕾赫．葛萊列特一比可說是相形見絀。

不過，我原本就不是什麼劍士。只要不拘泥於劍技，使用其他方式的話……

贏的方法要多少有多少。

我握緊手中的劍，一邊思考著要怎樣才能不損壞這份美貌，好好享受一下。

第五話 回復術士超越最強

我正與劍聖克蕾赫・葛萊列特對峙。

面對過去曾治療自己手臂的恩人，她完全不留任何情面。雖說我的名字換成凱亞爾葛，為了逃離王國還改變了樣貌，還真是過分的女人。

「剎那，不要出手。妳只會礙手礙腳。離遠一點，好好學。」

「嗯。凱亞爾葛大人，加油。」

剎那遵照我的吩咐，退到芙蕾雅倒下的地方。

好，這樣就能心無旁騖地戰鬥了。

以劍士方式戰鬥贏不了克蕾赫。

然而，只要我不擇手段，就能掌握勝算。

首先是戰力分析。我用【翡翠眼】確認【劍聖】克蕾赫・葛萊列特的狀態值。

種族：人類　名字：克蕾赫
職階：劍聖　等級：45

狀態值：
MP：169／169
物理攻擊：122　物理防禦：86　魔力攻擊：70
魔力抗性：86　速度：103
等級上限：51
天賦值：
MP：91
物理攻擊：128　物理防禦：90　魔力攻擊：72
魔力抗性：90　速度：109　合計天賦值：580
技能：
・神劍Lv5　・看破Lv5
特技：
・神劍能力提升Lv3：劍聖專用特技，神劍的速度、威力會上升補正。
・氣息察知Lv3：劍聖專用特技，看破的感測範圍、感測速度會上升補正。

依舊是個十足的怪物啊。
不僅等級高，強到誇張的合計天賦值也分配得十分漂亮。

原本就已經很強力的技能甚至達到Ｌｖ５，還可藉由特技獲得進一步的強化。

直接交手是贏不了的。

所以，我得變強才行。

「【改良(Heal)】。」

由於我知道【劍聖】克蕾赫・葛萊列特無法使用魔法，可以安心地捨棄魔力抗性。

話雖如此，也不能設定在四十以下。

種族：人類　名字：凱亞爾

職階：回復術士、勇者　等級：38

狀態值：

ＭＰ：127／127→67／67

物理攻擊：66→129　物理防禦：69→107　魔力攻擊：81→59

魔力抗性：45→36　速度：154→119

等級上限：∞

天賦值：

ＭＰ：80→40

物理攻擊：80→162　物理防禦：85→133　魔力攻擊：100→70

魔力抗性：52↓40　速度：198↓150　合計天賦值：595

我藉由【改良】，將天賦值調整為最適合對付克蕾赫的數值。
只要變更天賦值，狀態值就會自動進行變更。因為狀態值是由天賦值和等級來決定的。
多虧上次擊退了襲擊冰狼族村落的那群傢伙，等級已經從34升到38。攝取魔物因子也讓合計天賦值有些許上升。
和上次相較之下等級也升高了，即使減少魔力攻擊的天賦值，也可以安定使用【恢復】。
和王國兵作戰時是以特化速度的方式分配數值，不過一旦面對的是克蕾赫這種超一流的高手，就算速度再怎麼快，直線的動作也毫無意義可言。所以才刻意壓低到自己能完全控制動作的速度。
以克蕾赫為對手，要毫髮無傷是不可能的。
所以防禦力也不能割捨。
只要不是即死，我就能用【恢復】治療。為此所需的防禦力是這個數值。
現在的我就算和克蕾赫相比，肌力、防禦力以及速度，全部都凌駕在她之上。
克蕾赫消失了。
正當這麼想的那一瞬間，我往旁邊橫砍過去。
儘管看不到也感覺不到，但她應該就在那裡。

劍與劍碰撞後發出了聲音。

克蕾赫擋下了我的劍。

如果我不了解克蕾赫的劍，想必在最初的一記奇襲就結束了吧。

她並非只是快而已。

只要是人都會有自己的節奏。像是呼吸的節奏、心跳的節奏等等……

然而她能讓這些節奏完全同步，輕鬆地施展超乎對手想像的高等技術。

「你……看得見我嗎？」

「這個嘛，妳說呢？」

儘管【模仿】了她的經驗，我也無法仿效這一招。那就是只知道原理，和懂得運用的人之間的差異。

連將其看穿也不可能。

不過，我知道像這種時候她會採取何種攻擊。因為我能從她的個性預測她未來的行動。

所以，我才能朝向看不見的她揮劍。

不過，縱使防住第一擊依舊不能疏忽大意。

她利用劍與劍的碰撞產生的衝擊，回身進行連擊。

快速又俐落的動作。

明明狀態值是我略勝一籌，但卻被單方面壓制。

「明明有著如此的劍術，為什麼你卻要偏離正道？」

克蕾赫咂嘴了一聲。

我並沒有對此回答。不，是辦不到。根本沒有那種餘裕。

宛如暴風雨般的連擊，哪怕只是被打中一下都會形成致命傷。

用【改良】而取得優勢的狀態值。

用【模仿】學來的劍技。

更何況，我還根據她所有的經驗先行預測到下一步動作。

儘管做了這麼多卻還是居於劣勢。

這就是……【劍聖】克蕾赫·葛萊列特。

貨真價實，超乎常規的怪物。

真可惜啊。得弄壞她真的很可惜。

但是，克蕾赫傷害了我的所有物（芙蕾雅）。我怎麼能原諒她。

喀鏘一聲，響起刺耳的聲音。

那是劍被折斷的聲音。

克蕾赫的劍斷了。自從開始戰鬥之後，她第一次露出了破綻。

終於啊……意外地花了不少時間。

我趁著這個空隙，瞄準脖子突刺了過去。

想要在這裡分出勝負，不料……

「唔！」

我不禁發出了苦悶的聲音。

腹部受到沉重的衝擊，不僅肋骨斷了，連內臟也遭到嚴重的損傷。

在我使出突刺的瞬間，克蕾赫把頭一傾迴避，別說是逃走了，甚至還往前踏出一步。再來便猛然使出了一記掌打。

她連我的攻擊也一併利用反擊了回來。

被打飛的我直接撞上了牆壁。

發出了沉悶的聲音，有某處的骨頭斷了。

「【恢復】。」

我治癒受到損傷的身體。

真危險，要是捨棄物理防禦就當場斃命了。

「每當劍互擊的時候，你就使用魔術腐蝕我的劍對吧。」

「答得漂亮。」

透過劍使用的鍊金魔術。

雖然直接用空手去碰的話一下就能折斷，但要赤手空拳接下克蕾赫揮出的劍，根本是天方夜譚。

所以，我把魔力纏繞在自己的劍上，一點一點地弱化克蕾赫的劍。

「你……劍技的洗練程度根本不像是沒有技能，加上強化體能的魔術，以及腐蝕劍的魔術，還有治癒傷口的魔術。你到底是什麼人？能鍛鍊到如此境界，還真希望你能告訴我是什麼職階呢。」

「要是放過我的話就告訴妳吧。」

「別說笑了。我不能眼睜睜地放著這樣危險的對手不管。」

克蕾赫從腰間拔出備用的劍。

恐怕她不會再用劍去接下我的劍了吧。真是麻煩。劍士遊戲就玩到這裡好了。

「噢，那還真是遺憾。其實我根本就不想殺妳呢。」

我從包包裡取出裝有某種恢復藥的瓶子扔了出去。

這種不像樣的攻擊，理所當然地被克蕾赫躲開了。

瓶子用力摔到地面破碎後，裡面的內容物四處飛散。

這樣就行了。這才是這罐恢復藥的正確使用方法。

克蕾赫再次猛然縮短距離。

然而她的劍卻不像剛才那麼精巧。

由於害怕劍被折斷，克蕾赫不能以劍擋劍。結果就是攻擊模式受到相當大的限制。

相較之下，我預測的精度提高了。只要貫徹防禦就能撐過去。

然而，狀況不利這點依舊沒有改變。在轉守為攻的瞬間，想必就會受到沉重的反擊吧。

「你似乎光是防禦，不打算攻過來，難道是以為我疲勞後劍就會變鈍嗎？」

「怎麼會。」

克蕾赫一路累積了地獄的修煉。

要向她的體力挑戰根本是不可能的任務。

我等的是別的。

此時傳來一股芳香的氣味。

剛才扔出去的恢復藥內容物已經汽化漂浮在這四周。

是時候了吧。

激戰至此，我首次自己主動採取攻勢。

如果是平常的克蕾赫，一定會看準我這時露出的破綻給予我致命傷吧。

即使因劍被折斷而產生動搖，她那卓越的精湛技術依舊能辦到這件事。

可是，那是在一般狀況下的事。現在藥效已開始浮現。

就如我所料，她跳到後方拉開距離。那只是普通的回避。

「怎麼啦，【劍聖】？是身體狀態不好嗎？」

「……你到底做了什麼？」

「妳以為我會向敵人坦承自己的底牌？」

我對此嗤之以鼻。

剛才灑出來的恢復藥，其實是實驗中的媚藥。

具有一旦開封就會汽化溶入到空氣中的性質。

本來是在室內使用，用來讓女性在不經意間就變得淫亂，藉此好好享樂。就算在室外使用，也會因擴散過度而使得效果薄弱。

不過剛才用的是原液。原本是要稀釋數百倍後才使用的道具，但如果是原液的話，就算在室外也能發揮效果。

我有對藥物的抗性，但這可是任何賢淑的女性都會開心地張開大腿的藥。

對於是處女又沒有經驗的克蕾赫來說，自然不可能忍受得住。

她面紅耳赤，呼吸急促，正在摩擦著大腿內側。

就算名為【劍聖】，終究也是女人。

儘管她穿著能襯托修長美腿的褲子，股間的部分卻明顯溼潤。即使隔著衣服，也能明白胸部上的兩顆櫻桃挺立了起來。

「好啦，我們繼續吧。」

我露出笑容。

如果是處於這種狀態的克蕾赫就能輕鬆打倒。畢竟她連是否能正常揮劍都很值得懷疑。

藥效每過一秒就會竄得更快。

克蕾赫雙眼朦朧，即使如此還是把劍舉起，朝自己的大腿刺了下去。瞬間血花四濺。

她把沾上自己的血液的劍對著我。

「嗯，就這麼辦吧。我會砍斷你那汙穢卑劣的劍。把這一切結束掉。」

多麼勇敢啊。

用痛覺來勉強自己保持清醒嗎？

真想給予她掌聲。

那麼，就按照她的期望一決勝負吧。

儘管她多少恢復了神智，但離萬全的狀態可說是相去甚遠。

僅僅走路就會摩擦到敏感部位，隨時都有可能迎接高潮的這種狀態下，究竟要怎麼揮劍呢？

話雖如此，對手是負傷的猛獸。依舊不能掉以輕心。

我把劍高舉過頭擺好架勢，接近後砍了下去。

一瞬間不寒而慄。

因愛欲而雙眼朦朧的克蕾赫，流露出一股冰冷又透徹的眼神。空氣甚至緊繃到讓人有種世界為之凍結的錯覺。

我握住劍的右手在空中打轉。

克蕾赫應該是由下段往上揮劍吧。那動作就連用神速來形容都不足。我甚至完全沒看見。

她往上揮劍的模樣非常美麗。

這就是【劍聖】克蕾赫・葛萊列特。

儘管被媚藥侵蝕，依舊是一把如此美麗動人的劍。

啊啊，真厲害，真了不起，我都感動了啊。

「啊哈哈哈哈哈哈哈，和我期待的一樣。但是，妳終究還是沒超乎我的期待啊，克蕾赫啊啊啊啊啊啊！」

我已經預測到手臂會被砍飛。

在絕對不可能反擊的狀況下……依舊發揮自己的實力才稱得上是【劍聖】。我相信【劍聖】的力量。

所以我沒有停下動作。

我揮出了應該被砍飛的那隻右手。

用【恢復】讓手臂立刻復原，抓住了克蕾赫的頭。

在剛才那一擊使出渾身解數的克蕾赫，已沒有辦法阻止我的手觸碰她的頭。

「【改良。】」

我之所以會讓右臂被砍飛，是為了故意製造破綻來誘導她採取這樣的行動。

如果是平常的克蕾赫，應該會察覺我的意圖，懷疑我為何故意露出破綻吧。既然懷疑了那自然不會上當，不去在意刻意營造的破綻，而是瞄準真正的空隙。

然而，現在的她沒有那種餘裕。僅僅是揮舞自己的劍都得耗盡全力，卻還想要盡早結束戰鬥。她被那樣的想法限制，才不得不抓準我刻意製造的破綻出手。

那正是我的目的。

對於回復術士的我來說，失去一條右臂根本算不了什麼重傷。我只是想用這隻手臂抓住克蕾赫的破綻。

我的【改良】發動，侵蝕著克蕾赫。

「啊啊啊啊啊啊啊啊啊啊啊啊啊啊啊啊啊啊啊啊啊啊啊啊啊！不要啊啊啊啊啊啊啊！這種……騙人……不要啊啊啊啊！住手————！」

克蕾赫抱著頭發出慘叫。

嗯，看樣子她似乎很喜歡我用【改良】塞到她腦子裡的禮物啊。

王國都是一群過分的傢伙。既然用說的不願聽進去，那也只能像這樣讓她了解了。

為此，我把【模仿】無數的人類積存下來的「王國慘無人道特集～亞人篇～」，直接以記憶灌輸進她的腦海。

無論是在第一輪的世界還是這次的世界，我都【模仿】過無數的王國兵，根本不缺這方面的記憶。

我所挑選的，是把王國在所到之處對亞人所做的非人道行為統整起來的特別記憶。

虐殺、凌辱以及掠奪。充滿了人性醜陋的一面。一旦看到這種景象，無論是多麼虔誠的王國信徒也會一瞬間變得討厭王國。

吉歐拉爾王國的傢伙不把亞人當人看待。總是幹著就連惡魔也會稍微有點顧慮，讓人卻步的行為。

他們的所作所為脫離了常軌。從那之中，我特別精心挑選了讓人憎恨的部分展示給她看。對自尊心很高的【劍聖】大人想必是效果出眾吧。

「騙人、騙人的。這種東西……」

克蕾赫全身抽搐，流著眼淚昏了過去。

「好啦，這樣一來克蕾赫．葛萊列特就壞掉了。」

她已經失去身為守護王國之劍的功能。

重點是，即使她認為我讓她看到的景象是幻術，藉此否定現實，反正她到時也會因為在意這件事而自己去調查真相，進而感到絕望。

這樣一來，她就會打從心底憎恨吉歐拉爾王國。她正義感很強，或許會自己主動成為王國的敵人。

噢，對了。我想到了一個好主意。

與其把克蕾赫．葛萊列特洗腦，讓她成為我的所有物（玩具），還有更好的玩法。

我【恢復】芙蕾雅並把她叫醒。

「凱亞爾葛大人，真的很抱歉。我居然輕易就被打倒了。」

「那沒關係。今後慢慢地進行接近戰的訓練，讓自己變強吧。比起那個，我有事要拜託妳。」

「拜託我嗎？」

「嗯，妳幫我演一齣戲。等克蕾赫清醒後，我希望妳能扮演公主。設定呢，就是得知王國的黑暗面痛徹心扉，所以和勇者一起出走，在真正意義上會連同亞人一起拯救這整個世界，充滿勇氣的公主，大概類似這樣吧。順便說一下，我會扮演一名愛上公主，帶著她一起逃走的勇者。」

原本，我是想讓克蕾赫・葛萊列特也和芙列雅公主一樣清空腦內的記憶，將她當作隨從來使喚，但這樣做似乎比較有趣。

並非作為人偶，而是以自己的意志踏上破滅之道。

久違地恢復凱亞爾的身分吧。如果是這個設定，那就算告訴她「其實我就是【癒】之勇者」也無妨。

好啦，對自己打從心底信任的吉歐拉爾王國感到絕望的【劍聖】大人，究竟會有什麼反應呢？

我思考著這件事，同時將她的雙手綁起來，朝著旅社邁步而去。

當她清醒時藥效應該已經退了……沒差，如果還殘留著藥效就順便疼愛她吧。

我不會強迫她。畢竟我是知道王國的黑暗面毅然出走的勇者大人，不能對女性做出過分的行為。

即使如此，要是她渴求我的話，我還是會回應。

雖然克蕾赫的胸部和屁股都不大，但身材非常好。既惹人憐愛又美麗。貪求這肉體也不壞啊。

第六話 回復術士回到心靈純潔的那時

將手中的底牌幾乎用盡，才總算打倒劍聖克蕾赫。

她是貨真價實的怪物……不，就連怪物這個詞彙都還不足以形容。

以一名敵人來說非常棘手，但只要順利將她拉攏過來，就會成為可靠的存在。

我注視著失去意識倒地不起的克蕾赫。

是個有著一頭銀色秀髮的窈窕美少女。

實在很難想像是實力遠在我之上的怪物劍士。

我扛起癱軟無力的克蕾赫‧葛萊列特，用我的斗篷包住她。

幸好現在是在不引人注目的巷弄裡。不過一旦走出大街，在把她帶去我的旅社途中被人看到就糟了。克蕾赫的外貌相當出眾。一旦傳出去，王國的士兵們馬上就會蜂擁而至吧。

先把她帶回旅社，好好地「說服」她吧。

都好不容易讓她觀賞了「王國慘無人道特集～亞人篇～」。不趁現在遊說她那動搖的內心就太可惜了。

越是盲目相信某件事物的人，就越容易讓其信念崩壞。

循芙蕾雅的模式，清空腦袋的記憶直接洗腦的話自然比較簡單。只是這樣一來就會失去她原本的光輝。要同時湊齊心、技、體三項條件，身為劍士的她才稱得上盡善盡美。要弄壞她實在過於可惜。像她這種人才有讓我多費一番工夫的價值。慎重行事吧。

我用公主抱抱起被斗篷裹住的克蕾赫。

刹那出聲叫住我。

「凱亞爾葛大人。」

她低著頭握緊我的衣袖。

「怎麼了嗎，刹那？」

「凱亞爾葛大人，和那個人的戰鬥很驚人……實在太厲害了。刹那很擔心自己，將來是否能達到那個境界。」

刹那有著身為戰士的自尊。

儘管有等級上限偏低的缺陷存在，但她自認本領不會輸給別人。

然而，看到我和【劍聖】克蕾赫的戰鬥後，讓她的自信潰散了吧。

超越人類智慧的技巧之爭。以刹那的角度來看，這領域對她來說遙不可及。

我暫且放下克蕾赫，把手放在刹那的頭上對她投以微笑。

「刹那的話能辦到的。因為刹那有才能。而且是不輸給我和這個人的驚人才能。所以，在戰鬥之前我才會要妳好好學。會要求妳指導芙蕾雅近距離戰鬥的技術，也是因為期待妳的表現。一旦站在教導的立場，就能看見至今沒有注意到的事物。」

剎那有著天生的戰鬥直覺。

那是和技巧與特技不同，無法以數字表達的強悍。關於這點我有確實做出評價。

只要像這次一樣學習與強敵之間的戰鬥，總有一天會踏入我們所在的領域。

「嗯。剎那會加油。加油，然後追上去。不過，凱亞爾葛大人，如果你有空的時候，教剎那戰鬥的方法。光靠冰狼族的格鬥術還不夠。」

「當然了。會找個時間教導妳我的劍技。」

剎那的戰鬥技巧是以使用冰爪為主，和使用劍戰鬥屬於不同系統的風格，因此學了劍術也沒有太大意義。但若是她的話，應該能看穿藏在劍路中的道理，進化自己的戰鬥方式吧。

剎那的成長令人期待。

我思考著這種事，同時用公主抱的方式抱起裹著斗篷的克蕾赫，往前走去。

◇

我向旅社另外租了一間房間，在那裏照護克蕾赫。

她的服裝十分緊繃，看起來實在很難呼吸，所以幫她換了比較寬鬆的麻織睡衣。

持續累積了宛如地獄般的修練，導致她的身體傷痕累累……原本我是這麼想的，但實際上是雪白滑嫩的肌膚。柔軟又上乘的肌肉被一層薄薄的脂肪包裹，具有女性特有的柔嫩。講白點就是很美，十分煽情。

要幫她換穿衣服可是費了我一番工夫。

媚藥的效果還在持續，即使失去意識，克蕾赫的身體依然有所反應。我忍下不禁想襲擊過去的衝動。畢竟之後還要締結信賴關係，對她那麼做實在有失分寸。

「要把腳也綁起來嗎……算了，我的話應該有辦法應對。」

要是她冷不防就砍過來的話我也沒轍，所以有先綁住她的雙手，至於劍則是放在其他房間保管。除了被我折斷的劍和備用的劍之外，她還偷藏了兩把短劍。會準備這麼多的備用武器，是因為她多半都是單獨行動。

這樣的狀況正合我意。如果她是跟著複數人員一起行動，事情不會這麼順利。

「芙蕾雅，接下來我會用芙列雅稱呼妳。別忘記我們事前講好的設定喔。」

我暫時把芙蕾雅的臉變回芙列雅。

這是為了說服克蕾赫。

為此，以【癒】之勇者凱亞爾以及身為公主的【術】之勇者芙列雅來行動會比較方便。

我的臉還維持凱亞爾葛時的模樣，是為了營造效果。

要是一醒來就看到凱亞爾的臉，克蕾赫肯定會嚇到。所以，要在適當的時機再變回凱亞爾的臉。

「是！不過話說回來，我還是第一次看到能改變外貌的魔法。凱亞爾葛大人連這種事都辦得到呢。」

「把回復魔術練到極致就能辦到這種事。不過，希望妳可以把我會使用回復魔術這件事當作祕密。超級一流的回復魔術士容易被人盯上。因為操控生命的買賣可以讓人賺上一筆嘛。」

「明白了。我芙蕾雅絕對不會洩漏出去。」

芙蕾雅使勁地點頭。

在和克蕾赫決鬥時，不得不使用一直瞞著芙蕾雅和剎那的【恢復】。既然見識到我右臂再生的那一幕，也只能把我保密的回復魔術告訴她們了。

克蕾赫的眼皮動了一下，差不多要清醒了吧。

「那麼，芙蕾雅……不，芙列雅公主。在我呼叫之前先在隔壁的房間待命。我一叫妳過來就配合我說話，拜託妳了。」

「明白了，凱亞爾葛大人……不，【癒】之勇者凱亞爾葛大人！」

芙蕾雅……不，芙列雅公主離去了。

然後過了一會兒，克蕾赫睜開雙眼，並且一躍而起。

「不要啊啊啊啊啊啊啊！住手————！不可以這麼做————！」

一醒來就發瘋似的大喊，搖晃著腦袋。

噢，是因為我剛才植入的記憶又再度重播了嗎？

正好充滿了許多對處女來說過於衝擊的畫面。就算造成心靈創傷也不足為奇。

相形之下，我當初對芙列雅復仇時曾問「我的分身和灼燒過的鐵棒哪個好」，那根本是小巫見大巫。原本我打算參考那種做法，但做到這個地步反而會讓我掃興，所以就駁回了。

「冷靜點，不要緊，那不是妳的記憶。」

我牢牢抓住她的肩膀，筆直地凝視她的眼睛。

然後反覆說著：「先冷靜、先冷靜下來。」

過了一會兒，克蕾赫總算恢復了冷靜。

「咦？奇怪？這裡是哪裡？你是剛才那個男人？」

克蕾赫愣了一下。

然後，她發現自己的雙手被捆綁後，表情也隨之僵硬。

在下一瞬間，用肩膀把我撞開試圖擺脫我。

還挺痛的啊。就算是在這種狀態下依舊能使出強烈的一擊，真了不起。

雖說效果減弱了，可是現在還處於被媚藥侵蝕的狀態，真能幹。克蕾赫的臉還很紅，呼吸也很急促。

「……妳不記得了嗎，克蕾赫．葛萊列特？妳輸了。是我把昏迷不醒的妳帶到旅社。」

「！我想起來了。你抓住我的頭的瞬間……是嗎，我是因為那樣而昏過去的。身為劍士，又會使用強化魔法，是回復術士，甚至還會使用幻術。你到底是什麼人？」

克蕾赫說著這句話，同時快速地確認周遭的狀況，思考逃走的策略。扼殺不安與恐怖的情緒，採取適當的行動。實在了不起。

「我有兩點想訂正。首先是第一點，我並沒有使用幻術。只是讓妳看見王國兵的記憶而已。王國所做過的殘虐行徑，都是實際上發生過的事。」

「騙人！吉歐拉爾王國可是為了從魔族手中守護人類而存在的盾與劍。才不可能……不可能做出那麼過分的行徑！」

吉歐拉爾王國位於被魔族與人類雙方支配土地的交界之上。

形容它是從魔族手中守護人類而存在的盾與劍，這點很正確。如果對吉歐拉爾王國先挑釁魔族，自始至終都是他們盛大的自導自演這點視而不見的話。

「確實，他們姑且算是守護人類的盾與劍。但是，亞人並不包含在他們應該守護的人類之中喔。吉歐拉爾王國為了人類而利用亞人。就連妳也覺得在王國內看到亞人的奴隸，是很司空見慣的事吧。妳認為那些傢伙是從哪裡來的？他們是被人類襲擊自己的村落遭到俘虜，再抓去賣掉的啊。」

克蕾赫無言以對。

一旦說出口就會覺得這是理所當然，但不特別去意識這點自然不會察覺。

「所以，襲擊那個村子的傢伙裡面，就算有王國兵也沒什麼不可思議。如果妳不相信我的話，只要回王都確認就行了。試著去求證妳認為是幻術的那份記憶，這樣一來就會輕易發現真相。」

「你打算放我走嗎？」

「當然。如果我打算殺妳，早就那麼做了。我不想殺了克蕾赫。只是想和妳聊聊，聊聊有關王國真實的一面。我很尊敬身為【劍聖】的克蕾赫。所以無法忍受那樣的克蕾赫被王國繼續欺騙下去！」

我擺出一本正經的表情。噢，不行。憋笑憋得有夠辛苦。

「……我就洗耳恭聽吧。反正在我聽完你的說詞前，你也不打算放我走吧。」

「抱歉。可以的話，我並不想做這麼粗暴對待妳，但是不這麼做妳也不願意聽我說吧？剛才我說有兩點想要訂正，現在要講第二點了。我只有使用唯一一種能力。我能使用的只有【恢復】，只是個普通的回復術士。」

「騙人。因為，你的那些力量……」

她不相信也是無可厚非。

所以，現在我必須再翻開另一張底牌。

「【改良】。」

我把決定今後要自稱凱亞爾葛時，和凱亞爾這名字一併捨棄的臉恢復原狀。

看到我的臉後，克蕾赫頓時目瞪口呆。什麼嘛，原來她有好好記住我啊。

「克蕾赫，看到這張臉妳仍然想不起來嗎？我是【癒】之勇者凱亞爾。所謂勇者，可以進一步開發既存的職階之力。以我來說，會獲得【恢復】過的對象持有的技能、經驗和記憶。我之所以能使用葛萊列特的劍技，是因為我【恢復】過克蕾赫。」

「……提升體能，讓我看到幻術，甚至是改變樣貌，這些都是勇者的【恢復】啊。」

「沒錯。而且我剛才也說過了，向妳展示出來的那些並不是幻術。那些畫面的來源是我【恢復】王國兵時所獲得的記憶。是王國背地裡的另一種嘴臉。」

克蕾赫倒吸一口氣。

我是希望她好歹能相信【癒】之勇者所說的話啦……

「如果你就是【癒】之勇者，那就更加無法信任了！你是殺了那麼溫柔，被大家愛戴的公主殿下後潛逃的犯人！我絕對不會原諒你！」

我殺了公主後逃走的這件事已經有了明確的共識嗎？

不過這也在預想的範圍內。

就按照我準備的劇本繼續講下去吧。

「果然被那麼認為了啊。其實我並沒有殺害芙列雅。不如說正好相反，我救了芙列雅。因為我透過【恢復】取得王國兵的記憶，察覺到這國家異常的一面。然後，把這件事和芙列雅公主商量。基於這個緣故，芙列雅後來著手探查王國的黑暗面，害得她差點就被殺了。所以我為了保護她，才偽裝成她已經死亡好帶她離開王都。麻煩妳過來，芙列雅。」

好啦，輪到另一名演員登場了。芙列雅公主從隔壁房間走來。由於理應死去的本人現身，克蕾赫表現得比剛才還要震驚。

「好久不見，【劍聖】克蕾赫．葛萊列特。妳似乎已經從凱亞爾那聽說了內情。那麼，接下來就由我來說明吧。關於王國的黑暗面，以及凱亞爾出手相救並帶我逃離城裡的經過，還有今後的事情。」

好啦，我所捏造的故事要進入下一個階段了。

知曉王國的黑暗面後，【術】與【癒】之勇者的逃走戲碼與拯救世界之旅的故事。

過了十分鐘後，想必克蕾赫就會痛斥王國為惡，認同我是真正的勇者吧。

聊著聊著我就明白了。克蕾赫．葛萊列特這女孩，相當容易被哄騙。

一旦守護王國的信念遭到挫折，我就能趁隙鑽入她的內心。

就讓妳成為便利的棋子，為我的復仇盡一份心力吧。

第七話 回復術士安慰劍聖

我找來的另一個演員，就是芙列雅公主。

唯有今天，我得讓芙蕾雅扮演芙列雅公主。

一切都是為了說服【劍聖】克蕾赫．葛萊列特。

「……芙列雅殿下，真慶幸您平安無事。實在沒想到您還活在人世。」

克蕾赫內心動搖，即使如此依舊以吉歐拉爾王國的貴族身分，向芙列雅低頭致意。

她並沒有懷疑對方是冒牌貨。畢竟她曾親眼見過芙列雅，一旦達到她這種水準，光憑氣息就能知道對方是否為本尊。

「克蕾赫，請把頭抬起來。因為現在的我並不是公主。多虧了凱亞爾，我才能排除萬難順利逃走。如果沒有凱亞爾在的話，恐怕我已經被殺了吧。」

芙列雅擺出十分悲傷的表情。

看到這表情，會讓人想像她有著非常沉重的理由。

「原來芙列雅大人也經過變裝。」

「是的，所謂芙蕾雅是一時的模樣。我是吉歐拉爾王國的公主，同時也是【術】之勇者芙列雅。」

不愧是貨真價實的芙列雅公主。扮演自己的演技實在堪稱一絕。

「我可以請教您發生了什麼事嗎？」

明明我已經說明過一次，但克蕾赫依舊詢問芙列雅公主事情的經過。

這證明她並不信任我。

然而，正因為她信任芙列雅，所以才會對她提出疑問。

「可以……有一天，我從【癒】之勇者凱亞爾口中，聽說了他【恢復】王國之人時獲得的記憶。有他們壓榨亞人的事，還有與魔族之間的戰爭都是由王家自導自演的事。這讓我大吃一驚，實在令人難以置信。父王他絕對不會允許這種事發生才對。所以，我才打算確認事情的真相。當時，我把從凱亞爾那聽說的事情告訴了我信任的禁衛騎士隊長。因為這樣，導致凱亞爾被關進了牢房。自從那之後一切都變得很可疑。」

「原來【癒】之勇者是因為這樣才會遭到軟禁啊。」

「……是的，都是因為我才害得凱亞爾遭到軟禁。」

真意外，她居然知道我當時遭到軟禁。

她好歹也是名門望族，所以聽說了各式各樣的情報吧。

「即使凱亞爾被抓住，我依舊無法停止追求真相。我一邊設法要解放凱亞爾而行動，一邊收集情報，到最後，終於讓我得知了王國的黑暗面。吉歐拉爾王國並非守護人類的盾牌。而是把與魔族間的戰鬥當作藉口，暗中強調軍事力不足，以此獲取其他國家的援助，同時還迫害亞人，把他們當作物品看待，藉此壯大自己。這是絕對無法原諒的事。我打算導正這個錯誤……不料王國居然派暗殺者來對付我。那個國家已經病入膏肓。一旦形成阻礙，那怕是公主都會慘遭抹殺。」

克蕾赫倒吸一口氣。

拜芙列雅優秀的演技所賜，她完全信以為真。也是啦，畢竟她還是芙列雅公主時，就可以完美隱藏黑心的一面擺出好人的面孔。想必有演戲的才能吧。

「雖然好不容易擊退了暗殺者，但我卻絕望了。因為我注意到就算是公主，要從內側導正這個國家也是痴人說夢。不僅如此，要是繼續留在這，總有一天會被殺……所以，我想說至少要讓被牽扯進來的凱亞爾逃出去。」

「難道說，芙列雅大人遭到殺害後，房間之所以會燒起來是因為……」

「那是凱亞爾安排的偽裝。他並不打算讓我就那樣被殺。於是他在逃出地牢後幫我詐死，帶著我兩個人一起逃走。我們是為了在真正的意義上拯救世界而旅行。在剛才提到的冰狼族村落也是為這個目的而戰。是我、凱亞爾和冰狼族的少女，一同解救了被王國兵襲擊的村落。」

嗯，以費時五分鐘思考的劇本而言還挺像一回事的。

克蕾赫沈默不語，仔細查證芙列雅所說的話。

畢竟內容條理分明，事實也占了相當比例。更何況這是由芙列雅公主親口說出，這點會成為讓她相信這些內容的強力要素。

「……我一直以來，始終相信為了王國而戰就是正義。沒想到王國居然是邪惡的一方。」

她被認定為這國家的劍，一路聽從國家命令戰鬥過來。

那並非因為克蕾赫是個沒有內心的少女。她是為了人們，秉持著驕傲才這麼做的。正因如此，無論是多麼嚴苛的修煉甚至是艱辛的戰場都能忍受。

這份前提崩壞的話，對她來說就等於世界的崩壞。

「妳並沒有錯。只是身為葛萊列特家的當家採取了正確的行動罷了。關於這件事，無論是我和凱亞爾都不打算責備妳。只是……這場戰爭本身並非由魔族發起，而是吉歐拉爾王國主動對魔族出手，才演變成這樣的局面。還請妳把這件事銘記在心。」

「那是真的嗎？」

「是真的。吉歐拉爾王國為了獲得他國的援助，認為魔族和人類敵對會比較方便。所以才會騷擾魔族的領土，進而引發戰爭。」

「如果……真相就如同妳所說的那樣，那我至今的戰鬥究竟算什麼？是為了什麼才和魔族戰鬥？」

守護人類免於遭受魔族侵略。她抱著這個想法而不斷穿梭在宛如地獄一般的戰場。會想哭也在所難免。

畢竟事情的真相，就是吉歐拉爾王國為了敲詐周邊國家的援助，才挑起這場侵略戰爭。

進一步來說的話，真正的目的是奪取魔族之王——魔王的心臟，施展禁咒來征服世界。

就算說吉歐拉爾王國是人類的敵人也沒有什麼問題吧。

「妳不用覺得羞愧。即使是人類設計了這場戰爭，魔族襲擊而來這點也是事實。如果妳不挺身而戰，就會有許多無辜的人遭到殺害。所以，克蕾赫·葛萊列特。我不會否定妳的戰鬥。只是……我和凱亞爾想要另尋其他解決之道。」

芙列雅露出宛如聖母般的笑容。

這很管用。畢竟那笑容有著讓人無須任何道理就能信服的魔力。

「其他解決之道……請問那是什麼樣的東西呢？」

「我想要阻止戰爭。並不是要戰至一邊倒下為止的戰爭，而是尋求溝通。所以我們一邊阻止王國所引發的悲劇，一邊伺機尋找與魔族對話的機會。」

克蕾赫用看著耀眼事物的眼神注視著芙列雅。

話題到此結束。

好啦，事前準備已經足夠了。接下來就是我的工作。

「芙列雅，我有話想和克蕾赫單獨談談。可以麻煩妳先離開一下嗎？」

「好的，凱亞爾。我在隔壁房間等你們的消息。」

芙列雅起身。

接著一股尷尬的沉默氣氛充斥著四周。

「……非常對不起。聽了剛才的話後，我全部都理解了。實際上，至今我也對有些事情感到可疑。然而我居然把恩人擅自斷定為罪人砍殺。傷害了想要糾正這個世界的你們。」

克蕾赫的眼神變得空洞。

失去了自己的存在意義，正氣凜然的氣息也消失了。

「不需要道歉。我的確是一個罪人。事實上我的確是逃獄犯，還打傷了王國兵。何況，我在逃跑時利用了某位想要殺害芙列雅公主的騎士，摧毀了他的人生……將來應該會下地獄吧。只是在墮入地獄前，我想要先完成芙列雅的夢想。」

當我提到利用了某位士兵時，克蕾赫的情緒有了波動。

她大概認識那個騎士。那個人就是變成【癒】之勇者凱亞爾外貌的禁衛騎士隊長。

那傢伙來到這一帶了嗎？

事情說不定會變得很麻煩。

「你真是了不起……我……會做自己力所能及的事。會動用葛萊列特家的力量盡己所能。」

「謝謝妳願意相信我。畢竟我不想和克蕾赫敵對。」

「我想要再一次思考何謂正義，我想要決定自己要為了什麼而揮劍……另外，在你治好我的手臂時，我曾說過的那句話現在依舊有效。按照約定，我將會傾盡全力成為你的力量。」

跟我想像中一樣輕而易舉。她似乎沒察覺就是因為會像這樣輕易相信別人，所以才會言聽計從被人利用。

我解開她手臂的拘束。

「對了，要不要去吃晚餐？芙列雅也想要久違地以不是芙蕾雅的姿態，而是以她原本的模樣和認識的人交談吧。」

我還想順便從這傢伙身上套出情報。

得確認她真的只是為了打倒使用葛萊列家劍技的男人才來，或者還身懷其他任務。

「那就恭敬不如從命了。另外，凱亞爾。希望你能讓我做出補償。」

克蕾赫用溼潤的瞳孔凝視著我。

話說起來，現在媚藥的效果依舊持續。由於芙列雅離席，加上緊繃的情緒獲得解決，導致她壓抑至今的性欲全都顯露在臉上。

當我抓住她的手臂。她的身體微微一顫。

克蕾赫的眼神在渴求我。

葛萊列特是將價值觀建立於力量之上的家族。藉由從外部引進強大的血緣來維持家族的繁榮。

好說歹說，我也是打倒她的男人。而且又是恩人，在真正意義上打算拯救這個國家。

更重要的是，身為王國之劍的驕傲至今一直支撐著她的人生，如今遭到動搖，使得她的心突然開了一個大洞。

為了正義而行動的我，就是填補那個空洞的最佳選擇。她下意識思考到這個地步，所以才渴求著我。

在那被媚藥侵蝕的腦袋中，會湧現這樣的情感也在所難免。

「被像克蕾赫如此有魅力的女孩說這種話，我可能就沒辦法忍耐了。這樣真的好嗎？」

「嗯，如果是你的話就沒關係。」

那麼，就如妳所願吧。

我們嘴對嘴接吻。

把手伸進衣服裡。她的身體非常火燙，肌膚牢牢吸附在掌上。

啊啊，克蕾赫看起來真是有魅力。

這是越傻的孩子越可愛的道理嗎？

就充分地疼愛她，讓她對我產生依賴吧。

我偷偷地將少量的媚藥擴散到空氣中，並在她沒察覺的狀況下使用了輕度的催眠魔術。

儘管沒打算洗腦，但得要讓她只能思考我的事，支配她的身心。

我把克蕾赫推倒在床上。

克蕾赫的眼神充滿期待。

她從小就一直累積了地獄般的修煉。對於疼痛和痛苦具有一定抗性。

只是她不明白何謂愉悅。在那方面甚至比一般人孱弱。從現在開始我會對那樣的克蕾赫傾盡藥、魔術和我所有技術，讓她知曉何謂愉悅。她絕不可能忍受得了。

好啦，利用她來套出各種情報吧。

克蕾赫今後，將會為了我和全新信仰的正義繼續背叛王國。光想到這點就讓我興奮難耐。

幸好克蕾赫是美女。如果不是女人，我就不會使用這種方法了。

◇

我脫掉她的上衣。

於是，克蕾赫的白皙肌膚裸露在外。千錘百鍊的肉體被薄薄的脂肪包裹。我把手伸向胸部。正好可以收在掌心之中。

「好難為情……我聽說……男人應該喜歡比較大的……」

「不會，這很適合克蕾赫，充滿魅力呢。」

恐怕是把芙蕾雅拿來比較才這麼說的吧，但並非只要大就好。從克蕾赫的體型來看，反而讓我覺得這是最佳尺寸。

「呀！」

而且，克蕾赫很敏感。稍微撥弄一下就發出很大的聲音。我把手往下面滑了過去。或許是因為媚藥的緣故，已經溼熱無比。

接著我連內褲都脫掉，用手指盡情翻攪，克蕾赫的肉壁也主動纏上指頭。每當我抖動指頭，克蕾赫就發出嬌喘。

裡面非常緊。想必克蕾赫從來都沒有自我安慰過吧。

我用心地幫她舒緩。

克蕾赫的眼瞳溼潤。當我吻下去，她就張開眼睛接受這一切。回應我舌頭交纏的動作。那拚命的模樣非常惹人憐愛。

這麼做了一會兒後，她的聲音變得越來越難耐。

差不多是時候了。

「克蕾赫，真的可以吧？」

「嗯，這是我的贖罪……而且，是你的話沒關係。」

這是陶醉其中的眼神。

她已經被媚藥、暗示和快樂吞噬。

再稍微放一些媚藥溶在空氣中吧。然後還要使用催眠魔術。為了讓她把這肉體的快感誤認為戀情。

基本上，性欲和戀情本就非常接近。用一點小魔術就能讓人會錯意。

「我很高興妳能這麼說。」

我把自己的那話兒往克蕾赫頂過去。充分地用克蕾赫的愛液溼潤後調整好角度。

明明已經變得相當溼潤，但依舊很緊。我使力慢慢地往前挺進。

「嗯！凱亞爾的……進來了。」

「不會痛嗎？」

「有一點，不過……有一種滿足的感覺。」

我露出微笑，為了讓她稍微分散痛覺，用舌頭在她脖子舔舐。然後，總算是連根部也進去了。

「嗳，全部進去了？」

「是啊，這樣就都進去了。」

「好開心。」

克蕾赫的眼神陶醉在快樂之中，儘管如此眼神深處卻流露親愛之情。

看來魔術有確實發揮作用。

進行接吻及愛撫一陣子，等她習慣後開始擺動腰部。

「凱亞爾，這個，好厲害。」

「好戲才剛開始喔。」

拜媚藥所賜，克蕾赫明明是初嘗禁果，似乎依舊享受到了快樂的滋味。這樣的話，看來可以再激烈一點。

為了連自慰都沒做過的克蕾赫，我仔細地打開那扇門。

水聲非常響亮。

「好舒服，雖然好舒服，但好難耐。好像要瘋了。再來，求求你。」

甚至開始淫靡地渴求我了。

那麼，就按照妳的期望吧。我讓克蕾赫趴在地上，從後面激烈地挺進。

……反應變好了。想必克蕾赫喜歡被男人從背後征服的快感。

她比任何人都強，然而真正心願是想被征服，還真是可愛。

為了看到她更可愛的反應，我加快腰部的擺動。

「那個，凱亞爾，好奇怪，好像有什麼，快要爆發了，這種事，我不知道。」

「不需要抵抗，隨著感覺走吧。」

克蕾赫即將體會到首次絕頂滋味。一路觀察目前為止的反應，我已經摸透克蕾赫舒服的點。她似乎喜歡在淺的地方小幅抽插。

加快速度的同時，我也迎合克蕾赫的喜好。

克蕾赫已經不再進行交談，而是發出嬌喘。

「呼啊！啊！啊！啊啊啊！啊啊啊啊～～」

即使如此，我還是持續擺動腰部。

「凱亞爾、凱亞爾，啊啊啊啊啊啊啊啊啊啊！」

她叫著我的名字，猛然抖動身體。

我也到達極限，於是頂到克蕾赫的最深處，解放精華。

克蕾赫精疲力盡，就連趴著都沒辦法，直接躺平在床上，也因為這樣我才能拔出分身。

從克蕾赫的那裡流出了精液，看來射得又多又濃。

克蕾赫把頭轉向我這，用熱情的眼神注視著我。

「凱亞爾，我喜歡你。」

「我也是喔，克蕾赫。」

用魔術帶來的快樂轉換為戀愛情感，一下子就迷上了我。

就這樣，儘管克蕾赫對初次的快樂感到困惑，同時也還想要繼續渴求我。就盡情地疼愛她，把我烙印在她心中吧。

……這樣克蕾赫就迷戀上我了。然後，還會體會到一輩子無法忘懷的快樂。

第八話 回復術士懷念起故鄉

後來，我盡情地疼愛了克蕾赫。

正如我所料，她完全沉溺在愉悅之中。如今正毫無防備地抱著我的手臂，睡得香甜。

這是完全信賴我的表情。

克蕾赫並沒有理解肉欲與戀愛情感的不同。她誤以為自己懷抱的思緒是對我的愛情，自顧自地認為尋求肉體交合的我深愛著她。

我用催眠魔術強化了剛學會做愛的女人常見的幻想。

雖說我已經預測到這種狀況，但是克蕾赫比想像中還要更加迷戀我。

趁克蕾赫還有利用價值的這段期間，讓她作個美夢吧。只不過是扮成戀人，根本就是易如反掌。

克蕾赫是個美女，況且身體的反應也很出色。再搭配那優越的戰鬥能力，身為上級貴族的她又適合去調查吉歐拉爾王國的內情，實在無可挑剔。

我挺起上半身，為了不吵醒克蕾赫小心翼翼地將手臂抽出。

不經意地揉了她那小巧有形的胸部。肌膚的感觸就像要把人吸住，真令人難以抗拒。

我用【翡翠眼】查看克蕾赫。

「我想也是啦。」

等級上限提高了。畢竟我灌了濃濃的體液進去，這也是理所當然的結果。

讓她繼續這樣變強是不是會有什麼問題，必須要謹慎思考。

當我想繼續睡時，門被打開了。

「凱亞爾葛大人，我想說你已經餓了，就把飯拿來了。」

「謝謝妳，剎那。」

剎那來到了房間。

她的手上端著盤子，上面還放著燉菜和麵包。

剛好運動後肚子也餓了，實在感謝。

「凱亞爾葛大人，你還是小心那個女人比較好。」

剎那用冷淡的眼神注視著熟睡的克蕾赫，喃喃說了一句。

「怎麼，妳吃醋了嗎？」

我露出苦笑。

剎那是我的所有物。然而她對我卻抱有在那之上的感情。

所以她會嫉妒克蕾赫也沒什麼好奇怪。

「我在嫉妒。可是，剎那是凱亞爾葛大人的奴隸。不會妄自菲薄，認為能獨占凱亞爾葛大人。」

「這個心態很好。這才是我的所有物。」

她很清楚自己該有的分寸。

我和剎那締結了那樣的契約。為了拯救冰狼族，剎那把一切都委身於我。

如果她愚蠢到會擺出戀人的架子讓我不悅，就有必要好好教育她。

我把剎那端來的湯含在口中。

空無一物的胃袋得到了滿足。

接著我開始思考。到底是什麼事讓剎那如此在意？

「……凱亞爾葛大人，剎那在意的，是克蕾赫看起來是個非常沉重的女性。不獻出自己的一切就不會善罷干休，不知道自己喜歡對象的一切就無法信服。會依照喜歡的男性為了自己付出多少時間和勞力來確認愛情，而且也是會為了得到這一切而賭上性命的類型。」

「噗！」

由於她說的話遠遠超乎預期，害我把湯都噴出來了。

「……為什麼妳會知道這種事？妳們見面後根本就還沒過多久，甚至也沒有好好交談過吧？」

就連我都沒有那種掛慮。

為什麼剎那會在意那種事？

「剎那認識的人裡有個女生和她很像。所以要小心點。要玩玩可以，只是克蕾赫一旦動真情，就真的會很難收拾。」

「我想應該不會發生這種事。克蕾赫在精神上算是大人。」

我冒出了冷汗。

一想到是不是能玩玩就了事，才注意到現在已經輕鬆就跨過了不該跨過的界線。

話雖如此，這終究只是剎那的想像。儘管已經讓克蕾赫迷戀上我，但克蕾赫應該不會以此來束縛我，應該只是她杞人憂天吧。

……姑且還是小心為上吧。

「我會記住妳的忠告。另外，今晚沒辦法陪妳，抱歉啊。」

「嗯。剎那並沒有立場抱怨。不過，很開心凱亞爾葛大人能這麼想。明天請你一併補償，好好疼愛剎那。」

剎那將身子湊了過來。我撫摸她的頭並吻了她。

和剎那成為肉體關係的契機，是為了提高等級上限。然而，現在她也享受著與我之間的魚水之歡。

因為她現在會對我說這麼惹人憐愛的話了。

明天要連今天的份一起疼愛剎那。

突然感覺到一股視線。轉向那邊一看，卻只有睡得一臉安祥的克蕾赫而已。

什麼嘛，原來是錯覺啊。

雖然沒辦法大家一起享用晚餐，早餐就所有人一起吃吧。

◇

隔天早上，整理好服裝儀容後，我和克蕾赫前往餐桌。

……在此之前，我被克蕾赫渴求，徹底被榨乾了。

儘管昨天還只能任我擺布，今天卻是主動想讓我開心，做了許多服務。

那個克蕾赫會如此積極地誘惑實在叫人意外，甚至無法想像她會主動服侍我。這個落差讓我興奮，結果就著了她的道。

原本還要去疼愛剎那的，實在失策。在那之前得用心恢復體力才行。

昨天做得太努力沒辦法大家一起吃午餐，所以決定早餐要大家一起吃。

由於許多內容不能讓閒雜人等聽到，所以不是選在餐廳，而是把飯菜帶回房間裡。

畢竟克蕾赫沒吃晚餐，現在處於空腹狀態，所以付了追加費用加點的早餐，店家準備了非常豐富的分量。

在大盤子上鋪了滿滿的培根，上面還放了大量用蔬菜和炒蛋鹹甜炒過的食物。

再來就是放有麵包、肉片和蔬菜屑的濃湯。儘管賣相不佳但卻含有豐富的營養。

不過讓我在意的，是自從早上起床後，克蕾赫就一直把身體緊緊貼著我並牽著手。

……我是有打算讓她依賴我，但這完全就是對待戀人的方式。

我腦裡浮現了昨天剎那說過的話。

「克蕾赫，這樣會很難用餐吧？」

「也……也對。對不起。」

面紅耳赤的克蕾赫鬆開我的手。

當她放手時，用非常遺憾的眼神注視著我的手。

「凱亞爾葛大人……凱亞爾大人，你頭上有灰塵。過來這邊一下。」

我按照剎那所說的，靠近她身邊讓她幫忙把灰塵撥掉。

順便說一下，剎那會改口叫我凱亞爾是因為克蕾赫在場。我拜託她在克蕾赫的面前要稱呼芙蕾雅為芙列雅，對我則是要稱呼凱亞爾。

「嗯。拿下來了。凱亞爾大人，坐吧。」

我在剎那的建議下就坐。

那個位子位在芙蕾雅和剎那之間。

克蕾赫稍微鼓起了臉頰。話雖如此，似乎也不打算對眼前的狀況發牢騷。全員都坐定在餐桌旁。

現場的空氣莫名凝重。

「我肚子餓了，快點開動吧。克蕾赫也坐下吧。我有很多話想和妳聊聊。」
扮演芙列雅公主的芙蕾雅用開朗的聲音說道。
感覺凝重的空氣變得稍微輕鬆一點了。
時機真好。我也搭個順風車吧。
「是啊，快點吃飯吧。」
「嗯。今天的飯好像也很好吃。」
接著，發出了咕嚕咕嚕的可愛叫聲。是從克蕾赫的肚子發出的聲音。
克蕾赫的白皙肌膚瞬間泛紅，接著聲若寒蟬地說道：
「是啊。我肚子也餓了。先來吃飯吧。」
就這樣，開始了這場溫馨的飯局。

◇

我們邊閒聊邊用餐，度過了一段時光。
剎那和克蕾赫食量特別大。
要練就一身強韌的肉體就必須要攝取營養。她們身為戰士理解這點。
就在差不多用完餐時，我對克蕾赫說道：

「克蕾赫，有件事希望妳能告訴我。最近王國兵莫名地湧進拉納利塔。我想知道他們的目的為何。」

克蕾赫的表情變得正經。

恐怕是因為她知道理由，而那又和我有關吧。

「目的有二。第一是為了找出殺了宣稱要守護冰狼族村落的王國兵的劍士。另一個就是找出【癒】之勇者凱亞爾。我想你應該也注意到了，王國已經得知他們抓到的【癒】之勇者凱亞爾是冒牌貨。所以為了逮到真正的【癒】之勇者，才會派兵前來這裡。」

「這點如我所料。不過為何會找上這裡？真虧他們能掌握到我潛伏在拉納利塔的消息。」

會派遣如此大規模的戰力實在令人費解。

這個舉動簡直就像打從一開始就得知我在這個城鎮似的。這點令我在意。

我並沒有做出會露出馬腳的愚蠢行為。更何況我還改變了相貌和名字，甚至還隱瞞了職階是回復術士的事實，以鍊金術士的身分活動。

「雖說這算是我的推測，首先，拉納利塔是最適合無賴和罪犯容身的小鎮，所以被列為候補。而且還傳出了風聲。」

「風聲？」

「沒錯。據說有能醫治不治之症的回復術士出現在這個城鎮。原本就聽說這裡有把王國兵一併擊倒的劍士，即使這個風聲是假的，也可以對此做出應對，這樣就不會白白浪費人力。王國似乎是這麼假設，才會大膽地派遣大量的士兵……不過傳聞果然是空穴來風。實際上，好像是一名出色的鍊金術士在製藥救人。」

「感謝妳告訴我，很有參考價值。」

就像是自掘墳墓啊。

之所以引來士兵，是因為我做了恢復藥治療怪病。

原本想說藥的話應該沒問題，卻還是因此引來王國兵。

「只不過，王國打算怎麼找到我？他們應該知道我可以改變自己的外貌吧。」

畢竟成為我替身的禁衛騎士隊長在他們那邊。

應該也料想到我已經改變了自己的身形吧。

那麼，他們打算如何找到我？

「他們攜帶了大量的鑑定紙過來。好像是要一看到疑似回復術士的人就對他們逐一使用。因為就算改變了外貌，名字也不會改變。」

「還真是奢侈的做法啊。」

鑑定紙十分昂貴。甚至因為具有極高的信憑性而被當作身分證使用。

正因為這樣，我才會用魔術竄改自己的鑑定紙並隨身攜帶。

話雖如此，還是得避免王國兵在眼前對我使用鑑定紙。

因為要在短時間內竄改非常困難。如果對方當場命令我使用鑑定紙，那我真正的名字就會被輕易識破。

至少待在拉納利塔的絕對條件，是不在人前使用【恢復】。可以想成一旦回復術士的身分曝光就玩完了。

就如同往常一樣，自稱為鍊金術士吧。

「正如你所說，把鑑定紙當作開水一樣使用非常奢侈。不過如果是為了要抓到殺害芙列雅公主的犯人，王家就會不惜任何金錢和人力……不，錯了呢。這個狀況下，是為了要抓到知曉王國黑暗面的凱亞爾。」

對我們捏造的故事深信不疑的克蕾赫做了奇怪的深層解讀。

就算不用擔心，他們也不會朝著這條線索去行動。

「總之要小心為上。話說外面好像有點吵鬧。」

窗戶在劇烈振動。而且好像還有人在喊叫。

我往窗戶一看，看到了熟悉的面孔。

「為什麼他會在這裡！」

在我出生成長的那個村子，曾經跟他打過幾次招呼。

那傢伙被綁在柱子上，彷彿被用來殺雞儆猴。

他的周圍都是王國兵，發出喊叫聲的人是他們。

看到這一幕，可以大概理解發生了什麼狀況。

原來如此，是這樣……

「既是報復，也是為了引我出去的餌嗎？」

喊叫聲是對著【癒】之勇者凱亞爾發出的。內容是說要是不出來的話，就要將這傢伙公開處刑。

估計在其他鎮上也發生了相同的事情吧。

想必我的村子已經被消滅，認識的人被送到各地的城鎮，在各個城鎮成為引誘我出現的誘餌。

王國果然是渣。

雖說是我成長的村莊，但那畢竟隸屬於王國。都是些原本必須要保護的人們。

沒想到他們居然會加害這些人。

枉費我這次還打算要低調行事，準備要逃出這個鎮上。居然做出這種事，那我不是只能找出這件事的主謀者去向他復仇了嗎？

雖然我已經準備好如何引出【劍】之勇者，但還是先收拾這邊的狀況吧。

「凱亞爾大人，你一副樂在其中的表情呢。」

「不對喔。我現在很悲傷，很憤怒啊。」

是啊，最喜歡的村子被毀滅，認識的人還被抓去遊街，怎麼可能高興得起來。

我心中燃燒著炙熱的怒火。

雖然嘴角的確不知為何上揚，但我並沒有笑。

我警戒著周圍，同時眺望著眼前的景象，思考該怎麼做才能找出並接近這件事的主謀。

現在只想著這件事。

第九話 回復術士享受戀人遊戲

窗外有本應在我故鄉的熟人，還被綁在柱子上。

不只如此，王國兵還叫喊著：「警告【癒】之勇者凱亞爾。三天之內不現身的話，就要將這傢伙公開處刑。」

真是群笨蛋。

原本我就打算盡快遠離這個城鎮。

雖說最終的預定是毀滅王國，但要特意惹事生非，找此處的士兵麻煩也還為時過早，況且我沒那個興致。

然而，王國那群傢伙居然殘忍到毀滅我的故鄉。

我絕不可能原諒他們這種暴行。

我現在胸中燃燒著滿腔的憤怒與憎恨。

為什麼他們會做出如此殘虐的事？

一旦做出這種事，那我就得復仇不可了。只因這種理由，就讓原本會得救的王國兵白白喪命。我明明就不想殺死他們啊。

話雖如此，就算現在襲擊過去也無濟於事。

如果不能慎重行事，就無法成大事。

對復仇來說，最必要的就是自制心。要盡可能避免風險，確實執行。

「克蕾赫，我有事情拜託妳。」

我擺出嚴肅的表情向克蕾赫搭話。

「什麼事？」

「在那裡的人是本應在我故鄉的熟人。我想知道我的村子——阿洱邦現在到底怎麼了。妳不用特別做些什麼，只是希望妳幫我調查一下實情。為此妳可以先回去一趟嗎？」

首先，有必要收集情報。

現在能想像的，只有阿洱邦已經遭到毀滅，村民們都分散到各地城鎮，當作引誘我出現的誘餌。

我想要掌握可靠的證據。

「明白了。」

「幫大忙了。畢竟要入手王國的情報，我也只能交給克蕾赫了啊。」

「交給我吧。話說，你怎麼看待眼前這個狀況？」

克蕾赫在聽到「只能交給克蕾赫了」的那一瞬間，開心地露出微笑。這女人真是好懂。

雖然她提問現在的狀況為何，不過克蕾赫應該也察覺出大概了才對。

不過，還是好好地把我的想法告訴她比較好。

於是我說出自己預想中的狀況。

村子已經被毀滅，村民們被當作把我引出來的誘餌，我對此一一說明。

「……從現在這個狀況看來，這可能性很高。實在太過分了，簡直是慘無人道。」

「我也這麼想。那些傢伙不是人。根本就是禽獸。」

是群沒血沒淚的殘忍傢伙。連活著的價值都沒有。像他們這種人應該要以死謝罪，把自己的生命化為經驗值奉獻給我。

「不過，有一點我很在意。」

克蕾赫露出有些困惑的表情。

「在意什麼？」

「只因為是【癒】之勇者凱亞爾的出身地，就毀滅自己國家的村莊，這麼做實在太過殘暴。我認為其他的村莊以及城鎮一定會對此相當不滿。只因為村子出現了一名罪犯就直接被滅村，應該不會認為事不關己。」

「公主可是被殺了耶。」

「即使如此也一樣。保持守護人類之盾的這個形象，對王國而言至關重要。況且先不論別國，這可是自己國家應該守護的自國村落。不應該做出會導致負評，還可能招來其他國家責難的事情。如果說是為了報復而毀滅村落，只做到這樣姑且還能理解。然而為了要引出【癒】之勇者，還做出將無辜的村民遊街示眾這種殘虐行為，大肆宣傳自己的報復舉動，等於是自己積極在擴散負面評價啊。」

經她這麼一說，的確如此。

王國會讓自己在各個城鎮與村落惹來大量的非議嗎？

「說不定是捏造了能夠那麼做的正當理由。如果光是『殺害公主的罪人出生的村落』這個理由不夠充分，只要再冠上其他罪行就好。妳可以幫我連同這些事情也一併調查嗎？」

「這可能性非常高。我會連同這件事也一起調查看看。所以……」

克蕾赫從下方抬眼凝視。

那是一種諂媚的眼神。

我把那樣的克蕾赫摟進懷裡，交換彼此的唾液。

想必她是在期待我這麼做。

「先決定好下次見面的聯絡方法吧。我可不希望從此和你永不相見。」

「也對。我暫時都會待在這間旅社，妳到時再來找我吧。假如遇上難以逗留在這裡的狀況，我會寄信給妳。到時候……對了。就用庫爾伯這個假名吧。把聯絡地址告訴我。」

克蕾赫振筆疾書，寫下了在這個城鎮作為據點的旅社住址。看樣子她和軍方是個別行動。

若遇上最壞的狀況，就把碰頭地點和日期寄過去吧。

「我會加油的。」

「期待妳的表現。」

就這樣，克蕾赫離開了這間旅社。

等待她帶回情報的這段期間，我也自己採取行動吧。

留在旅社的是原本的三人，我、芙蕾雅和剎那。

先把各自的容貌恢復為凱亞爾葛和芙蕾雅吧。

「凱亞爾葛大人，你和克蕾赫還真要好呢。」

「這是為了拯救世界，她的力量是必須的。」

由於我一直對芙蕾雅說我們在進行拯救世界的旅行，於是便又重複了這句話。

我並不是真的喜歡上了克蕾赫，而是為了利用她才配合玩這場戀人遊戲。

當然，我自己也是樂在其中，不過本質上還是要以利用為優先考量。

「沒關係，我是凱亞爾葛大人的隨從。主人打算做什麼都是您的自由。」

連芙蕾雅也和剎那一樣嫉妒了嗎？

和剎那相較之下，她鬧彆扭的方式真是簡單易懂。

「凱亞爾葛大人，有關剛才提到的，凱亞爾葛大人認識的村民那件事，讓克蕾赫去調查之後，如果村子平安無事的話，我們要去救他們嗎？」

「我是這麼打算，但就盡人事聽天命吧。如果國家是認真的，那要在真正的意義上去拯救是很困難的。」

「……要是他們能像冰狼族那樣，逃到其他國家就好了。」

剎那很溫柔。

她是在擔心我的故鄉吧。

「畢竟人類要離開自己住慣的村子是很困難的嘛。只是我不會讓我村子裡的大家白白犧牲。當然打算要向王國討回這筆帳。」

「你打算做什麼？」

「根據我的直覺，這次的事將會成為新的導火線。只要讓它延燒出去，肯定會燒得更旺。」

假如王國是在沒有正當理由的狀態下襲擊我的村落，就能以此譴責他們，倘若他們是捏造了什麼事實而這麼做，只要識破這點甚至還能火上加油。

當然了，只以個人名義起鬨並沒有意義。然而，只要在適當的場所採取適當的手段散播消息，自然具有重大的價值。

在我的記憶中，曾在第一輪的世界遇過喜歡這種話題的傢伙。就拜託那傢伙幫忙散播消息吧。

像這樣去做些小規模的復仇也是沒完沒了。

想趕快進行到下個階段。

為此，也是時候動搖吉歐拉爾王國的處境了。

必須從細小之處，一步一步，腳踏實地粉碎他們的立足之地。

「凱亞爾葛大人，你的表情真棒。」

「看得出來嗎？因為我有點興奮呢。」

我將剎那摟了過來。

因為昨天開始就盡是在疼愛克蕾赫，也差不多該好好疼愛剎那才行了。

「啊～～只有剎那太狡猾了。明明我也一直都忍耐著耶。」

「芙蕾雅也過來。」

芙蕾雅也靠到了我身旁。

在等待克蕾赫帶來情報的這期間，我也該趁大白天盡早行動。

不過，在那之前先疼愛一下我聽話又可愛的剎那和芙蕾雅吧。

她們是我便利的棋子。而且……也稍微讓我有點動情了。

第十話 回復術士流下血與淚

在盡情疼愛過剎那和芙蕾雅後，我採取單獨行動。

我用【改良】將自己的容貌變為以前意圖對剎那出手，在酒館起了爭執後被我毒殺的那個王國兵，去確認在村裡的熟人遭示眾的悽慘身影。

變身成這副模樣後，我還是刻意把兜帽戴在頭上遮住眼睛。

手上確實地拿著從王國兵身上奪來的徽章。作為以防萬一的保險。

我抵達了城鎮的一角。村民被綁在木柱上，周圍的士兵們正在哨戒。失去意識的村民身上還清楚殘留著遭到施暴的痕跡。

還真是殘忍啊。

因為村民昏迷不醒，沒辦法直接和當事人問話。何況基本上就算他醒著，周圍也有士兵在監視，條件十分嚴苛。

好啦，我該怎麼收集情報呢？

由於【恢復】過被我毒殺的姆爾塔，所以我一邊探索他的記憶，同時確認監視的士兵中是不是有合適的冤大頭。

好，找到了。

我調整成只有這個冤大頭才能看到的時機與角度，讓他看見我的臉。

於是一名士兵朝我搭話，上鉤了。

「喂，你不是姆爾塔嗎？在那裡做什麼？」

那傢伙用對待朋友般的輕快語氣向我搭話。

……他是我假扮的士兵的酒友。

而且還非常親近。所以我才盯上那個傢伙。

「莫列特，好久不見了。」

我面帶微笑回話並靠近他，在他耳邊輕聲低語：

「你可能已經聽過傳聞了，我在冰狼族村落遇到怪物劍士，然後逃走了。臨陣逃亡一旦被發現就是死罪。所以今晚，可以在酒館聊一下這部分的事情嗎？」

話語剛落，負責監視的士兵莫列特就露出了嚴肅的表情點頭。

這傢伙在姆爾塔的記憶之中，至少不是那種會不論青紅皂白就依照規定出賣朋友的人。是個重情重義的好傢伙。

所以我才能安心向他搭話。

至於我喬裝的姆爾塔本人不會現身。畢竟他已經死了嘛。

他的屍體被丟棄在這個鎮上的屍體放置場。這裡充斥著身分不明的人。所以遺棄屍體簡單到令人害怕。只是增加一兩具屍體根本就不會有人在意。

「……這樣啊。我明白了。有間我常去光顧的小店。在那裡可以說些比較深入的話題。為了讓你能回到軍隊，我也會幫忙想辦法的。」

「抱歉了，莫列特。」

對方也用很小的聲音同意這次的密談。

好啦，只有兩人獨處的話，就能從王國兵身上套出不少情報了。

想不到居然能如此輕易就找到冤大頭。一定是因為我平日素行良好的緣故。

感謝神明。

謝謝你，莫列特。就從你身上套出所有必須的情報吧。

◇

我率先到達莫列特介紹的店，不過沒有馬上走入店內。

而是警戒著四周並搜尋。

然後，躲到死角監視著這間店。

在親眼看見莫列特走入店內，並確認好周圍沒有可疑人士後才進入店裡。

儘管在姆爾塔的記憶中是個可以信用的傢伙，但人的記憶出奇地靠不住。

說不定那傢伙會把士兵帶過來，打算抓住臨陣逃亡的叛徒，就算他這麼做也不足為奇。

不過並沒有那種跡象。

而且莫列特在走入店內時，還確認自己有沒有被人跟蹤。

看樣子應該可以相信他吧。

「抱歉啊，莫列特，我來晚了。」

「不要緊，我也才剛到。」

我笑著向他打了聲招呼，而莫列特也以此回應我。

莫列特說有推薦的餐點，逐一向店員點餐，還取了酒過來。

酒是當地的酒。由小麥製成的酒相當美味。料理雖然樸素，但價格相對便宜，具有營養而且分量也很足夠。可以理解這傢伙為何說會常來。

「這個燉菜真好吃啊。不愧是你常來的店。」

「對吧？我就知道姆爾塔你也會中意。總之就先吃吧，然後再聽你怎麼說。」

這傢伙是個好人。

沒有必要的話，就別殺他吧。

我們隨意地扯些蠢話，享用美酒和料理，炒熱氣氛。當然，我也慎重地選擇話題，不會露出馬腳讓他察覺眼前的人並不是姆爾塔。

我定期使用【恢復】揮發酒精。裝作一副喝醉酒的模樣，但可不能讓思考變遲鈍。

然後，總算要切入正題。

「姆爾塔，你在冰狼族村落時好像經歷了一番波折啊。」

「因為出現了一個難以置信的怪物劍士。那傢伙一個人就幾乎把所有人都殺了。光是回想起來都會讓我心裡發寒。」

「那傢伙使用什麼劍技？」

「是葛萊列特的流派。印象中有在什麼武術會上看過，不會有錯的。」

就算隱瞞也無濟於事，所以我就實話實話。

對方應該也知道這件事吧，臉上露出難色。

「為什麼你要逃跑啊？」

「我對自己的劍術也有自信……但是如果挑戰那傢伙肯定會死。只是湊巧那傢伙的劍砍得比較淺才撿回一條命，嚇得我只好拔腿就跑。」

姆爾塔的記憶中就是這樣的情景。

瞄準脖子的劍只差一點就抵達頸動脈。

雖然保住一命，但姆爾塔在當下就理解到彼此實力差距，所以就逃了。

算是聰明的選擇。

只是逃走後採取的行動就不夠明智了。要是沒打算對剎那出手，至少還能活久一點……

「算了，總之你平安無事我就放心了。因為有許多戰友都在那場戰爭中命喪黃泉啊。你找到工作了嗎？」

「我在拉納利塔幹著類似冒險者的工作。我問你，你覺得我還能再回到王國嗎？」

「……我認為不可能。今天因為是我才會放你一馬，但臨陣逃亡可是死罪啊。我們暫時都會待在這個鎮上，你還是去其他城鎮比較好吧。也別跟認識你的人碰面了。」

「是嗎……」

「別沮喪啦，今天就讓我請客吧。你現在為錢為苦吧。至少今天就享受一下美酒吧。」

莫列特要求店員繼續上酒，在我面前咚一聲放下酒，對我微笑。

「謝謝你。話說起來，你不是在監視一個男人嗎？那是在幹嘛？」

「哦，那是和殺了公主後逃走的【癒】之勇者同村的傢伙。」

這點我知道，要的是更進一步的情報。

就是為了打聽這件事才演了這齣戲。

「只因為和【癒】之勇者同村出身，就襲擊了村落嗎？」

「是啊。哎呀，好久沒有讓人這麼盡興的狩獵了。雖然亞人也不錯，但果然還是人類好啊。不僅脆弱殺起來又輕鬆，身上的財物又比亞人多，掠奪後得到的收入也很讚。就算要侵犯，也還是人類的女人強姦起來最有感覺。」

我的笑容差點僵住。

我還以為他是個好人，這下原形畢露了是嗎？

看來王國兵真的是腐爛到無可救藥了。

「但是這樣好嗎？對方可是人類耶。那個……你的良心都不會痛嗎？」

「我才想問你在說什麼？我們一直以來都殺死、掠奪、侵犯了那麼多亞人不是嗎？就算對方是人類，那又有什麼分別？」

莫列特嘲笑我實在很傻很天真。

我繼續擺出虛假的笑容。

然而內心卻相當震驚。

我原本以為他們之所以敢對亞人為所欲為，是因為他們在心裡認定亞人和自己不是同族，沒想到就算對方是人類他們居然也沒有絲毫猶豫。

而這對士兵們來說已經形成一種常識。

太可怕了。

他們對掠奪已經習慣到這個地步了嗎？

「雖然話是這麼說啦，但對方是人類，又是我們國家的人民，我還是會猶豫啦。我們身為王國兵，姑且也是有立場守護他們吧？更何況這麼做的話，其他村子的傢伙應該也不會保持沉默吧。就算是【癒】之勇者的村子，這樣也做得太過火啦。」

「這倒未必。因為我們隊長主張那是邪教的村落，意思就是上頭認可的聖伐啦。邪教真是方便啊。反正只要說那是邪教什麼的就可以為所欲為。我們隊長的腦袋可真靈光。」

邪教？

還揑造了這種事嗎？

居然扯了這麼粗糙的藉口。這筆帳我一定要你們償還。

「……哈哈，我也真想大幹一番啊。」

「話說起來，隊長他啊，竟然還獨占了最棒的女人。好像是叫安娜來著吧？雖然是人妻但可是個大美女耶。據說她是【癒】之勇者的熟人，隊長就說『我要親自讓她知道自己的罪孽有多麼深重』。」

在那一瞬間，我拚了命地維持臉上的笑容。

那個人……是當我在父母過世後變得無依無靠時，一直支持著我的人啊。

「還真是傑作啊，當時在那傢伙的老公面前盡情地凌辱了她，讓她一邊喘息一邊哭，玩到一半居然就咬舌自盡了。儘管如此隊長還是一直侵犯她呢。那男人看到這一幕的表情還真是一絕啊。哎啊～～笑死我了。」

你們這群傢伙……這樣還算是人嗎？

……是嗎，你們殺了那個人啊？

那個人，大概……是我最後的良心。多虧有那個人在，我才沒有完全對人類絕望。

她是這世上唯一會站在我這邊的人。毫無任何心機給予我無償的愛，是我的初戀。

殘存到最後的最後的血與淚正在流失。

我要化身為鬼。

殺了他們。

僅是殺戮還不能滿足。

要給予遠遠超過那個人所感受到的絕望與痛苦後再殺。

否則那個人就無法安息。

因為不知道被侵犯的恐懼，所以你們才可以坦然做出這種事。就讓你們也品嚐一下被孔武有力的士兵蹂躪的恐懼吧。

「話說，我有事情想拜託你。我的確是在敵人面前逃亡，但我手上握有情報。想要直接……」

於是，我誘導眼前這個醉漢的思考。

灌醉再灌醉，等到他失去判斷力後再鼓吹他對我有利的事情。

這一切，都是為了完成我認真的復仇。

第十一話　回復術士開始行動

從莫列特身上套出情報後，我回到了旅社。

心情糟透了。

這次的事情是我太天真了。應該要預測到村子會遭到襲擊。

我原本以為王國不會對自己的國民出手。根本沒想過只是因為村子出了個罪犯就會遭到滅村。

……這種想法根本就不能當藉口。就只是我太天真了。就算後悔也後悔不完。

所以，我要盡我所能。要以牙還牙，以眼還眼。

回到房間後立刻在床上躺平，並開始制定作戰計畫。

我請莫列特幫忙安排讓我在這個鎮上的敵方首領，也就是禁衛騎士隊長碰面。

簡而言之，就是司法交易。作為交出重要情報的回報，相對的希望能對臨陣逃亡這點網開一面。

當然，如果讓莫列特本人去代為傳話，他就會被視為協助背叛者，所以充其量也只是假裝有封信寄到了他的手上。

「凱亞爾葛大人，我把飯拿來了。」

「剎那總是這麼機靈呢。」

剎那幫忙把晚餐拿了過來。

剛回到旅社，芙蕾雅和剎那就邀請我去用餐，只是我才剛在酒館吃過，所以回答不要拒絕了她們。

我想剎那會把晚餐端過來，大概只是需要一個來這裡的藉口吧。

因為我的感情完全表現在臉上，到了甚至讓她擔心的程度。

「凱亞爾葛大人，你在生氣嗎？」

「……我去外面收集了情報，得知我的村子已經不復存在。這情報的管道和我日前拜託克蕾赫調查的那邊不同，但可信度相當高。」

「是嗎。凱亞爾葛大人會憤怒也是理所當然。」

剎那鑽進了被窩。

然後緊緊抱住我的手臂。

已經是可以稱得上夜晚的時間了。平常的話會在此時疼愛剎那。

然而，現在並沒有那種心情。

「抱歉，今天我沒心情抱妳。沒辦法幫妳提升等級上限。」

就算聽到我這麼說，剎那依舊沒有離開。

那並不是單純在鬧脾氣。證據就是剎那的擁抱非常溫柔。

「不抱也沒關係。只是，在失落的時候，能感受旁人的體溫，心情就能放鬆。所以，剎那才會這麼做。如果覺得煩人就說出來。剎那會離開的。」

被剎那這麼一說，我才察覺自己到底被逼到何種窘境。

視野變得狹隘。無法完全控制這股怒意。

為了復仇必須要動腦才行。要用冷靜的頭腦絞盡智慧，毫不大意地行動才能完成復仇。

要壓抑這股激昂的情緒，考慮到所有狀況，採取最完善的行動。

……如果不這麼做，就會在什麼都沒達成的情況下白白送死。

我居然忘了這種早就明白的道理。

自從聽說了安娜小姐那件事後，腦袋就開始不正常了。

「謝謝。多虧剎那，我冷靜下來了。」

我緊緊抱住剎那的身體。

她小巧的身體縮在我的懷抱之中。

正如她所說，感受到人的體溫能讓心情平靜下來。

不能忘記為了完成復仇時作為燃料的憤怒。但是，冷靜沉著的餘裕也是必要的。這都要歸功於剎那才能讓我找回這一點。

「嗯。凱亞爾葛大人守護了剎那的村子。幫被殺害的冰狼族報仇雪恨。所以，這次該輪到剎那幫助凱亞爾葛大人。為了凱亞爾葛大人，剎那什麼都願意做。」

這女孩真是好孩子。

為什麼事到如今我才注意到這件事呢？

真是惹人憐愛。

在我心中，想要疼愛這女孩的心情，與重要之人被殺害的激憤之情同時湧上。

感覺就快要發狂了。

「剎那，我改變主意了。我現在就要上妳。」

「知道了。」

「今天我可不會對妳溫柔。」

有種想要粗暴侵犯她的心情。

我根本沒辦法再去體貼她。不這麼做的話感覺自己會崩潰。想要宣洩這份情感。想要將內心的鬱悶狠狠地發洩在眼前這個嬌小的美少女身上。

我更換體位，將剎那按倒在床上。

「嗯，就照凱亞爾葛大人隨心所欲去做。因為剎那是凱亞爾葛大人的所有物。」

剎那朝著這樣的我微笑，為了表示她願意接納我而張開雙手。

這就是我忍耐的極限了。

就這樣，我一整晚都在蹂躪剎那。

宛如一頭徹頭徹尾的激情野獸。

當一切都結束之後，頭腦完全清醒了。

我用冷靜下來的頭腦決定了一切，理解自己應該做什麼。

「凱亞爾葛大人，你在哭。」

「我在哭？」

被她這樣一說，我才第一次意識到臉頰有道淚痕。

噢，是這樣啊。

並不僅是憤怒而已，悲傷與寂寞的情緒更凌駕在那之上。

我將臉埋進剎那小小的胸口哭泣。原本以為自己已經把血與淚都流乾了，沒想到我體內還殘存著淚水。

將這些眼淚宣洩而出。

我決定這次是最後一次哭泣了。要在此把眼淚流乾，捨棄身為人類的情感。

◇

隔天，克蕾赫來到旅社。

她喘得上氣不接下氣。

恐怕，她自從取得情報後就夜以繼日一路趕了過來吧。

「凱亞爾，我查清你拜託我的事情了。你的村子……已經為時已晚。」

「……是嗎，我知道了。」

昨天在酒館的對話獲得了證實。

綜合施虐的士兵本人和身為貴族的克蕾赫兩者的情報，已無庸置疑。

「就如同你的預測，你村子的人被帶到其他城鎮和村落，作為引你出現的誘餌。而且，教會還聲稱你的村落信奉邪教。到處宣揚【癒】之勇者本身也是邪教徒，是為了毀滅王國才對聖女下手。」

「還真有一套。」

墮入邪教的勇者對聖女下手，以童話故事來說算合格了。

還真虧他們能理直氣壯扯出這樣的謊言。

在這種狀況下，能最有效對王國造成打擊的手段只有一招。

而最能活用這點的地點就在那裡。

「克蕾赫，能麻煩妳放出情報，讓禁衛騎士隊長知道【癒】之勇者凱亞爾就躲在這個鎮上嗎？那些傢伙打算對村民所進行的處刑，我無論如何都想讓他們在這個鎮上實行。」

乾脆就讓那些傢伙去準備舞台吧。

畢竟必要的演員已經都聚集在這裡了。

沒錯，舞台就是我村子那些倖存者的處刑場。我要在那裡主動出擊。

我要讓全世界的人們心裡，都牢牢地烙印下對王國威信的疑慮。

另外，我還要讓直接下手的禁衛騎士隊長見識到何謂地獄。

我難得只做到那種程度就完成了我的復仇。

既然你這麼想死我就成全你，而且要在充分地折磨你之後再殺。

◇

～在隊舍～

「搞什麼？還沒找到【癒】之勇者嗎！」

有著中性外貌的可愛少年，用不符合形象的粗暴語調拉高聲音咆哮。

他的臉上纏著繃帶。

雖然是這樣的外表，但他是實際年齡超過三十歲的幹練騎士。

「是的，雷納德大人。我們已經對鎮上的回復術士使用了鑑定紙，但至今尚未發現他的行蹤。」

「這些飯桶！他絕對就在這個鎮上。因為我的傷口……痛得要命啊啊啊啊！」

他丟下這句話後撕下了繃帶。

在其下有嚴重的燙傷痕跡。

他是被害者。

作為【癒】之勇者逃離城裡的誘餌，他的模樣已經變得和【癒】之勇者如出一轍。

因此而失去了一切的他，絕對不允許自己和憎恨的男人長得一模一樣。

所以他親自燒了自己的臉，將這張臉變為其他容貌。

每當燙傷疼痛，就會點燃他的恨意。

「在哪裡？到底在哪？那傢伙到底躲在哪裡？要怎麼樣才能把他引出來！【癒】之勇者那薄情的傢伙。都把他村子裡的人遊街示眾了，卻還不肯從巢穴裡出來。可惡，應該讓那個女人活下來的。只要讓她發出慘叫，那傢伙應該會從巢穴裡出來才對。可惡！」

禁衛騎士隊長起身踹開桌子。沉重的木桌輕易地飛了起來。

壓倒性的身體能力。儘管他個性有問題，但實力卻是超級一流。

此時，他們之中的一名士兵上前開口說道：

「【劍聖】大人傳來消息。據說她發現疑似【癒】之勇者凱亞爾的人物，但被他逃了。」

「什麼？為什麼【劍聖】會知道是他？」

「他們之前曾見過面，應該是以此為根據判斷。」

「真奇怪，那傢伙能改變容貌。他會特地在人前用以前的模樣現身？……是陷阱嗎？到底在策劃什麼？」

沒錯，【癒】之勇者凱亞爾用他那股力量改變禁衛騎士隊長的容貌，還反過來把自己的外表變成禁衛騎士隊長的模樣。

那種傢伙不可能不改變自己的外表。

這表示，故意將自己的模樣讓【劍聖】知道，是有意圖地展示自己的存在。

「原來如此，那傢伙打算拯救村民啊。為此才故意……很好，把分散到所有城鎮的那些村民都集中到這個鎮上。」

就按照那傢伙的期望，把人聚集到這裡吧。

人數增加越多，他就越難拯救村民。現在不僅有大量王國兵在場，甚至連【劍聖】大人也在。

他怎麼可能救得了村民。不過為了以防萬一，還是先增加阻礙他的要素吧。

「另外，還出現了另一名提供消息的人。是前陣子的戰役中臨陣逃亡的我軍士兵……據他所言，妨礙我軍襲擊冰狼族村落的人不只劍士，還有另一名魔術士。他說不管怎麼想，那個魔術士都像是某位貴族。他在鎮上看到那個貴族，掌握了所在地。希望能藉由傳達這份情報，請隊長對臨陣逃亡一事網開一面。」

聽到這番話的禁衛騎士隊長笑了。

這可是他引頸期盼的情報。

在公主和凱亞爾同樣改變模樣繼續活在這世上的前提下，他沒有透過王國兵，而是投入私人財產尋找公主。

他收到情報的指出，在襲擊冰狼族村落時曾出現一名魔術士。

其他人應該看不出來，但他在看到魔術的著彈地點上殘留的痕跡時就注意到了。那魔術有種獨特的習慣，他知道那就是芙列雅公主釋放的魔術。

正因為這樣，他才能肯定【癒】之勇者凱亞爾一定就在這個鎮上。

殺死憎恨的敵人，得到憧憬的女人。

為此望穿秋水的情報終於來了。

假如真的能得到這樣的情報，不管臨陣逃亡還是什麼都放他一馬。

「好吧。那傢伙在這裡嗎？」

「不，他似乎不信任我們，希望只派最多五個人到指定的場所。還說如果超過這個人數，屆時就會隱藏自己的行蹤。」

「還防範到這個地步啊。把那什麼指定場所告訴我。」

於是，他下達了兩項指示。

第一，就是把分散在各處的村民聚集到同一個地方。

第二，就是精心挑選四名能幹的人員。

一切都開始順利進行。他如此確信，一口氣喝下珍藏的葡萄酒發出大笑。

第十二話 回復術士眺望騎士們的舞蹈

把我的故鄉搞得慘不忍睹，折磨安娜小姐，甚至還殺了她，必須給予他們應得的報應。

為此，我開始實施把禁衛騎士隊長引出來的策略。

具體來說，就是偽裝成臨陣逃亡的士兵聯絡對方，作為提供情報的條件是放我一條生路。

而且，還要選在沒什麼人的場所，以少數人碰面進行會談。

對禁衛騎士隊長來說，肯定不會錯過我準備的情報，絕對會上鉤吧。

畢竟，當我把那傢伙【改良】成我的模樣時偷窺了他的記憶，發現那傢伙對芙列雅公主抱有超越主從的情感。

那並非是戀情那麼美麗的東西。而是更加黑濁的情感。是醜惡的獨占欲與支配欲。那男人雖然侍奉著芙列雅，同時也渴望將她推倒蹂躪一番。所以這次對那傢伙來說，就好比是個千載難逢的機會。

我指定的場所是位於貧民區的某間酒館。

在這種複雜的地方，要是有個萬一也容易逃走。

我監視著店門口。後來有群身形矯健，與這個場所不搭調的男人走進店裡。

看來有按照約定只派五個人過來。

姑且有穿著符合這個場所的打扮過來，沒有做出一眼就讓人知道是騎士的愚蠢舉動，但依舊能從步法以及身上散發的氣場看穿。

為了以防萬一，我在那個地方待了幾分鐘之後才進入店裡。

我朝向臉上纏著層層繃帶的男子身邊走去。

在前進途中確認了店裡後門的位置。在有個萬一的時候可以容易逃走，也是我選擇這間店最大的理由之一。

我到達座位後，坐在正面的繃帶男子開口說道：

「你就是姆爾塔嗎？所以，你說有個看起來像某位貴族的魔術士，那傢伙究竟像誰？」

那是我聽到都快爛掉的聲音。

要說為何，因為那就是我從前的聲音。

纏著繃帶的男子是禁衛騎士隊長。從繃帶的縫隙間可以看見潰爛的皮膚。

原來如此，是因為非常不中意我的臉才自己燒掉的吧。

或者說，也有可能是在被認為是【癒】之勇者的期間曾受到拷問。

我壓抑想立刻殺掉他的心情。要是簡單就殺了他那可算不上是復仇。得讓他體驗安娜小姐受到的痛苦才行……我要忍耐，忍耐。很好，我很冷靜。

好啦，開始表演吧。就讓我好好扮演前王國兵姆爾塔吧。

「首……首先，我……不，只要屬下按照約定提供情報，請保證能讓屬下回到王國。」

姑且把話講得很像是我是來進行這樣的談判。

作為提供情報的條件，相對的要對臨陣逃亡的行為網開一面，那就是姆爾塔的目的。

「嗯，可以。只要你的情報正確，那我就運用權限來赦免你臨陣脫逃的行為。」

禁衛騎士隊長自信滿滿地如此斷言。

從這句話可以得知，這個男人被賦予了一定程度的權限。畢竟臨陣逃亡是重罪。原本難以靠一介部隊長的個人意見顛覆。

「呼，太好了。那麼請讓屬下說明。在信上提到的某位貴族，是芙列雅公主殿下。儘管外表有些許變化，但屬下很清楚。那毫無疑問是芙列雅公主殿下。」

「為什麼你看得出來？」

意外地戒心很重啊。

我還以為他會不假思索就上鉤呢。

算了，沒關係。我已經想到幾個適當的理由。

「以前在魔物大舉入侵時，我曾和芙列雅大人並肩作戰。正因如此我才能看得出來。在襲擊冰狼族村落時，朝著我們施放的正是芙列雅大人的魔術。我絕對不會看錯。而且，我並非臨陣逃亡。而是看到疑似芙列雅大人施放的魔術，才會去尋找應該在附近的芙列雅大人。請您相信我。」

我絞盡腦汁組織言語。因為我認為找些不入流的藉口看起來會更像那麼一回事。

「哦，後來呢？」

「我在離現場有一段距離的位置發現一名魔術士少女。儘管樣貌改變，那美麗的聲音、那溫柔的氣場，都讓我重新憶起了公主殿下。於是我跟在她後面，查明了公主殿下在拉納利塔的住處。」

禁衛騎士隊長露出一臉賊笑。

儘管表情都被蓋住，但很明顯地露出了不懷好意的眼神。

「幹得好！馬上帶我到那女人的住處。如果是真貨，那我不僅放過你臨陣逃亡的行為，還會讓你晉升。」

「非……非常感謝！」

彷彿已經得到了芙列雅似的，禁衛騎士隊長露出了下賤的笑容。

果然啊。看那副德性，想必是不打算乖乖把芙列雅公主送回城裡吧。

他一定在心裡盤算要把握這次機會，把公主納為己有。

正因為我知道那傢伙的記憶，所以才預測得到那傢伙會這麼做。也正因為這樣，才會採取這個手段。

跟著過來的所有人都是和他一夥的。就算我什麼都不說，那傢伙也打算祕密進行這件事，好隱瞞自己獲得公主吧。

換句話說，今天的情報並沒有洩漏給其他騎士和士兵。實在是沒有比被欲望驅使的人更好操縱的對象了。

「那麼，請跟我來。」

我暗藏內心的喜悅，幫禁衛騎士隊長一行人帶路。

◇

我帶他們抵達的，是位於貧民區的一間破舊旅社的其中一間房間。

「疑似芙列雅大人的人物就在隔壁的房間。」

「那個芙列雅大人真的在這種破爛房子嗎？」

我當然不可能把他們帶到真正的芙列雅公主……芙蕾雅住的旅社。

芙蕾雅是我的所有物。豈會拱手讓人。

即使他們腐敗，姑且還是精銳部隊的禁衛騎士。自從來到這裡後就沒有放鬆警戒，持續注意著周遭以防有人突然偷襲。

「恐怕是因為手頭上沒有錢吧。她和另一個男人一起住在這。想必各位也很清楚，那男人就是在冰狼族的村落大鬧的劍士。不過他在白天會外出賺錢，直到日落都不會回來。」

「是嗎，那還真是幸運啊。」

其實那男的就在這裡啦。

牆壁很薄，能聽見隔壁房間傳來日常生活的聲音。

當然，其實根本沒有任何人在那。只是用我的魔術和小機關偽造出生活感罷了。

「現在的話，只有芙列雅公主一個人。要闖進去的話就趁現在。」

「是啊，那我們趕緊行動吧。去救出芙列雅公主大人。」

說著那種口是心非的話，以禁衛騎士隊長為首的一行人衝進了隔壁房間。

然後，徹底地搜查房間的每個角落，確認是否有人在。

「喂，你這傢伙，根本就沒人……唔……這是……怎麼了？」

侵入隔壁房間翻箱倒櫃的五名騎士大人突然間膝蓋著地，痛苦難耐。

我隔了一會兒才在這時踏進房內。事到如今，已經不需要害怕這些傢伙。

「哎呀哎呀，藥效總算發作了嗎？看來對蠢貨而言，就連藥效都會晚一步才生效呢。」

我在這房間點了無臭的麻痺毒香。

為了這一天，我事先狩獵了具有麻痺毒素的毒物，並抽出毒素進行調合。

這並非人類能承受的毒素。儘管我有抗體沒什麼大礙，但這些男人只怕是承受不住吧。

「你……你這傢伙……到底在打什麼主意？芙列雅大人……芙列雅大人在哪！」

「噗……啊哈哈哈哈！你還以為芙列雅在這裡啊？耍蠢也該有個限度吧？哎啊，想不到各位騎士大人居然還沒有察覺……你們被我設計了啊。真是群蠢貨。明明知道我可以改變自己的樣貌，是不是危機意識不足啊？」

我高聲笑著，使用【改良】。

故意以【癒】之勇者凱亞爾的模樣現身。

「你……你這混蛋啊啊啊啊啊啊啊！」

「好久不見。雷納德禁衛騎士隊長。」

「殺了你……我要殺了你！凱亞爾，都是因為你，我才會……我才會啊啊啊啊啊啊！」

因為麻痺而渾身動彈不得，再怎麼拉高怒吼聲也絲毫沒有任何魄力。

話雖如此，真不愧是禁衛騎士隊長。其他傢伙連一根手指頭都動不了，他居然還能維持跪姿。

「啊嘻嘻嘻嘻！你們這些傢伙也太輕易就被騙了，我光是要忍住不笑場可就煞費苦心了耶。」

「我……我要殺了你！」

「嗯？要怎麼做？用那個被麻痺毒素侵蝕的身體？反而是我……」

我取出小刀架在他的脖子上。

「只要刀子輕輕一劃就能殺了你。」

雷納德禁衛騎士隊長瞪大雙眼。

明確的死亡預感，恐懼當前，他的怒氣也逐漸消散。

「話雖如此，我其實不會殺了你。」

「是想和我進行交易嗎？好吧。只要你放了我，我就提出假報告，向上頭呈報【癒】之勇者不在這個鎮上。」

哦，意外地會動腦筋呢。

為了活下來居然會拋棄羞恥心和聲譽，對我提出那種這種提案。

「假報告？根本不需要那種東西。我可沒有愚蠢到會被你們發現。況且我只要在這裡收拾你們不就結了？」

「等……等等，要錢的話……」

「很可惜，我在那方面也沒有任何困擾……我所期望的，是你們的恐懼、絕望還有痛苦。現在我就要為安娜小姐報仇了。」

「安娜？」

也對。他根本不會一個一個去記住名字。

但是這樣就好。每當這傢伙說出口，就會屢屢玷汙那個人的名字。

我不發一語，拿著帶有空洞的針製作的器具，朝那傢伙動彈不得的部下們，直接在把某種藥物打進血液裡。

往血液裡注入藥物的這個方法，是吉歐拉爾王國的賢者所思考的劃時代手法。就算說是藥學的革命也不為過。我將這個附有針頭的道具命名為針筒。

我打進去的藥物是對【劍聖】使用過的媚藥強化版，而且還加入了肌力增強劑、興奮劑以及提升體力效果的成分，再用附加魔術強化過的產物。

只要用了這個，性欲就會異常增強，感覺不到疲勞，甚至還會陷入極度的興奮狀態。簡單來說就是會成為失去理性的野獸。

藥效一開始發作，那些因為麻痺毒素發作而動彈不得的士兵們的股間，就以不得了的氣勢搭起了帳篷。

僅是稍微蠕動一下，褲子的股間就濕了。

眼神已經失去正常，充滿了野獸的欲望。

這些傢伙待會就要享受到最棒的快樂。而代價就是喪失人性。

一旦注射這種高濃度的藥，肯定會變成廢人。到死為止都會為了品嚐最棒的快樂而持續擺動腰部。

「你對我部下做了什麼？」

「打了會變得有精神的藥……我想過了。之所以能對他人做出過分的事，是因為你不了解他人的痛苦。」

我用溫柔教導的口吻對禁衛騎士隊長說道。

「對吧？你們總是加害的一方。絲毫不懂弱者的嘆息、恐懼以及悲傷。我想只要你們了解柔弱的女性被強行按倒時，究竟有多麼恐怖多麼難受的話，應該就不會做出過分的事了。」

而這點光用嘴巴說也不會懂吧。那就只能讓你用身體來理解了。

更何況，我明明都讓他代替我被關入監牢，給他機會察覺自己到底做了多麼過分的事，居然還反過來怨恨我襲擊我的村子，像他這種笨蛋想必是不太可能反省吧。

只要他老實反省洗心革面，就不會遇到這種下場了。真是笨蛋。就讓他償還愚蠢的帳吧。

「你……在說什麼？到底打算做什麼？」

「我想讓你體會何謂弱者的疼痛、恐懼。【改良】。」

原本是我的模樣的禁衛騎士隊長，變成柔弱的美少女。

我再把他身上的衣服撕開，露出那白皙的肌膚。

變成美少女的禁衛騎士隊長茫然自失。

此時我對這樣的他下藥。當然，並不是使用在其他騎士身上的特製媚藥。讓他感覺舒服就算不上復仇了。

我用的是效果薄弱，但持續時間很長的肌肉鬆弛劑。這樣一來他就變成如外表所見的柔弱美少女了。然後再投以強力的刺激劑。我可不允許你昏過去。

剛才投以其他藥物的騎士注意到這邊了。

性欲異常高漲，喪失理性的騎士們以野獸般的眼神，看著變成柔弱美少女的禁衛騎士隊長。

……話雖如此，我的【改良】無法連性別也一併變換。身為男人的那根還好好地長在那裡，也沒有女人的那個部位。

「女……女人啊啊啊啊！」

「侵犯……侵犯她啊啊啊！」

「蜜〇、蜜〇喔喔喔喔喔！」

「哇喔喔喔喔喔喔喔！」

太好了。似乎很中意啊。本來還想說若不合他們胃口就要重新【改良】了。我還擔心他帶著那根，又沒有那個，看樣子對性欲飢渴的野獸們來說並不會在意那種事。

嗯，只要有洞能插就行了。

「你……你這傢伙該不會……該不會是想……」

「嗯，我認為讓你設身處地受到騎士們粗暴侵犯，就能理解被害者的心情了。麻痺毒素的效果差不多要退了。其實我剛才對其他傢伙下的藥裡面呢，還有消去麻痺毒素的效果。」

在我撂下這句話後過了幾分鐘。

因麻痺毒素而動彈不得的那群傢伙站了起來。順便連下半身的頭也以非比尋求的氣勢聳立。

「救命……救救我啊啊啊啊！我……我什麼都願意做。拜託，求求你！」

「你啊，至今為止對說過這種話的女性做了什麼？」

「你……難道你這傢伙無血無淚嗎？」

真拚命啊。也是，被男人襲擊很恐怖吧。我也很清楚這點。

「血跟淚？有啊，也曾有過那種東西呢。」

「那麼！」

禁衛騎士隊長的雙眼閃閃發光。該不會以為得救了吧？那得糾正他的錯誤才行。

「都因為你這傢伙而全部流乾了。」

禁衛騎士隊長的表情染上了絕望。隨後一名騎士抓住了禁衛騎士隊長纖細的手臂。

「住……住手！你們這些混蛋！我可是……禁衛騎士隊長雷納德，要……要是敢對我出手的話……」

儘管他拚命懇求，也傳不到野獸的耳裡。

這些傢伙不是人類，只是野獸罷了。對野獸來說身分地位根本無關緊要。

我讓他們回到了最原始的姿態。好啦，去做你們應該做的事吧。

「咕嗯喔喔喔喔喔喔喔喔喔喔喔喔喔喔喔喔喔喔喔喔喔喔喔喔喔！」

禁衛騎士隊長發出哀號。

我冷眼觀看著這一切。其他傢伙也紛紛湊了過來。

好了，隨心所欲地蹂躪他吧。

我是旁觀者。只是在旁觀看這傢伙痛苦的模樣。儘管他外表是美少女，但我也不想混在那裡面。更何況我根本不想碰到那男人。髒死了。

於是，我始終冷眼看著被野獸如飢似渴對待的禁衛騎士隊長。

騎士們的藥效似乎比預想中還要強得多。實在太激烈了。那樣的話他馬上就會死。禁衛騎士隊長由於被我下藥的緣故，連昏過去都辦不到，瞪大著瞳孔，姑且還有在呼吸。

過了半天後，成為美少女的禁衛騎士隊長身上已經沾滿了許多東西，那空洞的眼神連眨也沒眨過。

即使如此，這群野獸依舊貪圖著這份食物。

再過了幾個小時後，禁衛騎士隊長雷納德已毫無動靜，死因是窒息。哦，八成是喉嚨被塞爆了吧。

差不多覺得膩了，所以我打了個哈欠離開房間。

那群騎士直到死前都會持續做著那檔事吧。

是很適合他們的末路呢。

我在破爛的旅社灑滿了油後，使用鍊金魔術點火。

得處理掉持續侵犯著屍體的那群傢伙才行。

他們是會被燒死，還是會做到過頭累死呢？

不知道那些傢伙會怎麼死？算了，怎樣都無所謂。

「安娜小姐，妳看見了嗎？我讓那些傢伙也品嚐到安娜小姐感受到的絕望了。妳會稍微覺得開心嗎？」

我向天國的安娜小姐祈禱。

但願她能就此安息。

然後，也去處理另一個案件吧。儘管禁衛騎士隊長是這群人的頭頭，但就算頭頭不在，依然不會中止對我村子的人們處刑。

所以，我要直接帶給這個國家痛苦。

我抬頭仰望天空，今晚的月色真美。

第十三話 公主妹妹遙想公主姊姊

～？？？視角～

「雷納德行蹤不明？」

在王城的一室，收到騎士報告的少女露出了不悅的神情。

她是這個王國的公主，也是芙列雅的妹妹。

過去曾擔任芙列雅底下禁衛騎士隊長的男人，也是這次搜索【癒】之勇者的負責人雷納德失蹤……那是非常令人不愉快的報告。

可愛的少女有著一頭柔順的桃色中長髮，十分惹人憐愛。見到那純真無邪的魅力就會讓人激起保護欲。

少女不像姊姊那樣是名【勇者】，然而卻具有優秀的智慧，儘管年幼依舊在內政部門大顯身手。

她用手指捲著和姊姊相同的桃色秀髮。

每當她感到不悅，總是會做出這樣的舉動。

「真是的，廢物的部下果然還是廢物呢。啊啊討厭啦，我也真是老糊塗了。看到那種廢物居然還會覺得能派上用場。真是煩死人了。廢物就算死了也要扯別人後腿。」

「廢物廢物廢物廢物」，少女接連罵道。

她口中所指的廢物，正是親姊姊芙列雅公主。

在她看來，芙列雅公主是個腦袋不靈光的廢物。就算是在親人身邊也絲毫不打算隱瞞這個想法。這是因為她拿出了被允許如此批評親姊姊的成果。

話雖如此，她對芙列雅公主還是給予了一定的評價。那個女人雖然頭腦簡單，但作為戰略兵器十分管用，作為拉攏民心的偶像也是個方便的存在。

她有身為笨蛋的自覺，也可以判斷不該違背自己所說的話，這些都得到了少女的認可。

「明明給了她笨蛋也能做的工作，想不到會這麼輕易就被殺了。真～～～～的是廢物。約翰！」

少女一喊約翰，一身黑色肌膚的壯漢就趴在王座的前面。

「汪！」

她一而再，再而三使勁地踐踏、狠踹自己口中的約翰。

「呼……呼……呼……謝謝你，我舒坦多了。呼，得找人去代替那個男人才行。真是的，明明我都好心幫他出計策了。」

認定【癒】之勇者凱亞爾的村子信仰邪教後消滅村子，把村民當成誘餌的計策是由她想出來，再交給禁衛騎士隊長去執行。

那所謂的邪教，實際上也不過是在這個國家剛興起的一個健全的新興宗教罷了。

由於教義中提倡包含亞人在內人人皆為平等的概念，對吉歐拉爾王國而言很礙眼。所以就一起葬送掉了。

至於新興宗教方面，就對其貼上殺害公主的罪犯是遭到該宗教染指的標籤，再另外冠上各式各樣的其他罪行，聲稱【癒】之勇者的村子是被認定為邪教的宗教陷害。

要讓這國家的正教認定他教為邪教十分簡單。畢竟這等於是擊潰自己的競爭對手。自然會歡喜地幫忙捏造認定為邪教的必要證據。

「算了，沒關係。要找誰來代替雷納德都可以，先好好地處刑【癒】之勇者村子的那群傢伙吧。要是【癒】之勇者能滿不在乎地出現就好了～反正那傢伙又沒那麼強。只要能把他叫出來三兩下就可以收拾掉了。不過期望不大啊。反正也準備了處刑失敗時的保險，算了。」

她口中的保險是指鄰國的勇者。

【劍】之勇者。

是當前最強的勇者，曾迷戀著【術】之勇者芙列雅。

所以他會願意成為最棒的部下，將【癒】之勇者逼到絕境吧。

「不過，那傢伙……感覺很噁心呢。」

少女露出打從心底厭惡的表情。她無法理解【劍】之勇者的性癖。世間普遍評價他是個充滿騎士道精神的俊俏青年，然而這樣的他卻有個祕密。

【劍】之勇者其實是女扮男裝的美女，還是個女同性戀。

知道【劍】之勇者其實是女性的人少之又少。

如果她是個男人，畢竟同為勇者，從象徵性的意義來考量的話，要把那個姊姊許配給她也無妨。

不過，再怎麼說也不能把公主獻給女同性戀。

所以才刻意讓她們保持距離。

然而，廢物卻死了。

正因為這樣，才能毫無顧忌地利用【劍】之勇者的戀愛情感來驅逐害蟲。

只要說希望她幫芙列雅公主報仇，那她想必就會馬上主動出發。所以已經做了這方面的安排。

然後，就如同自己所策劃的，她正為了自己的「愛情」這種莫名奇妙的東西動身前來。

要是在處刑村民時沒辦法收拾【癒】之勇者，接下來就輪到那個會大顯身手。

話又說回來……

「要去迎接那個臭女同性戀的人是我耶。啊啊啊，超煎熬的～～居然還得為了那個廢物扮演一個沉浸在悲劇中的妹妹。況且我又討厭那個傢伙。」

光是想像，就讓她全身起了雞皮疙瘩。

她把因為這種不快感而引發的壓力全部發洩在約翰身上。

啊啊，真是不愉快。

不管是廢物又無能的姊姊，一事無成就不知去向的禁衛騎士隊長，還是讓人噁心的女同性戀【劍】之勇者，以及一切的起因【癒】之勇者。

一切的一切都讓人不快。

光是痛毆約翰也無法化解這股無處宣洩的情感。

對了。為了稍微消除一下壓力，就玩那個吧。

雖然在冰狼族的村子失敗了，但可以趁這個機會處理掉原本要之後才對付的傢伙，要是有中意的孩子，就讓他代替約翰當寵物。

這次得稍微溫柔一點才行。除了約翰以外的寵物都沒過多久就壞了。雖然約翰很結實，但已經開始膩了。到時新玩具就小心用吧。

亞人比人類還更不容易玩壞，應該可以維持比較久吧。

第十四話 回復術士露出難堪的笑容

「已經早上了嗎？」

我在旅社的一室清醒。

躺在身旁的是冰狼族的剎那，以及原本是芙列雅公主，現在成為我的隨從的芙蕾雅。

我依序撫摸了她們的頭。無論是剎那滑順的白髮，還是芙蕾雅輕飄飄的桃色秀髮，摸起來都讓人開心。

我想起了昨天的事。

毀滅我故鄉的罪魁禍首，禁衛騎士隊長雷納德。

我好好教育了他一番。

因為那傢伙不知道他人的痛苦，才能對他人做出過分的舉動。

想來實在太可憐，我就教導他何謂痛苦了。這樣一來他應該會對至今為止的言行感到悔改，成為一個真正的人類洗心革面吧……在下輩子。

不過話又說回來，心情真舒暢。整個人神清氣爽。

就算回到旅社也無法壓抑這股高昂的心情，就把剎那和芙蕾雅推倒了，做得還比平時還要帶勁。

果然，壓力和性欲都是累積不得的。一旦累積就得適時地宣洩出來才行。

今天也是好天氣啊。嗯，身心都輕鬆自在。

「凱亞爾葛大人，早安。」

「早安，芙蕾雅。」

芙蕾雅似乎也清醒了。她揉著睡眼惺忪的眼睛。當她翻開棉被，渾圓飽滿的胸部立刻映入眼簾，我自然地把臉埋了進去。

「呀！凱亞爾葛大人，一大早就這麼突然……」

「今天我想要撒嬌。先暫時讓我保持這樣。」

芙蕾雅的身材很好。偶爾像這樣對母性撒嬌也不壞。

暫時先來享受芙蕾雅胸部的溫暖、柔軟和味道。

此時，下半身傳來溫熱的觸感。

下半身依舊蓋著棉被。當我掀開後，發現剎那已在不知不覺間潛進被窩。

「剎那來做早上的奉侍。凱亞爾葛大人，今天也很有精神。」

剎那抬頭向上看著我，紅著臉簡短地說道。

是因為對芙蕾雅產生競爭意識嗎？比平常更有幹勁。

畢竟濃度至關重要，為了要提升等級上限還是早上做最有效率。

剎那開始奉侍。

「已經變得很拿手了啊。」

「嗯。剎那希望凱亞爾葛大人開心，下了工夫。」

這是剎那每天的例行公事。不枉我費心教她。最近要是沒有這個都沒辦法好好起床。

一大早就疼愛了她們兩人。今天又將開始嶄新的一天。

◇

今天也不前往餐廳，而是麻煩她們把早餐拿到房間裡。

不僅如此，還來了一名客人。

「為什麼妳會在這裡？」

芙蕾雅露出有些不悅的表情問道。

「我帶情報過來了。」

結束了每天早上的例行公事後，【劍聖】克蕾赫出現了。秀麗的銀髮被風吹拂的模樣顯得非常有形。

「那和凱亞爾葛大人……咳，和凱亞爾大人有關連嗎？」

芙蕾雅有點不高興。看樣子她不怎麼喜歡克蕾赫。

剎那倒是對此看得很開。她認為只要自己也同樣受到疼愛就沒關係，然而芙蕾雅卻隱約表現出想要獨占我的心情。

「沒錯，是重要的情報。另外，不需要特地重新用凱亞爾稱呼他，我也會以芙蕾雅來稱呼妳。」

「那真是感激不盡。因為現在的我就是芙蕾雅。」

我在和克蕾赫兩人獨處時曾向她這麼拜託過。

芙蕾雅就是芙列雅公主一事不能被任何人知道。所以平常就得把言行舉止都切換成芙蕾雅才行。進一步來說，如果身為【劍聖】的克蕾赫對她採取畢恭畢敬的態度，周遭的人會認為事情不單純。

基於這樣的理由，我拜託她固定以芙蕾雅來稱呼公主，並以朋友的方式與她應對。

「那麼我要回歸正題了。禁衛騎士隊長雷納德自從帶著四名部下離開後就再也沒有回來。現在士兵們正拚命地尋找，但始終沒有任何下落。」

果然是那件事啊。

我當然知道。畢竟我就是元凶嘛。

「是我幹的。因為我多少也想獲得一些情報，所以就假扮成情報提供者接近他們，收拾掉了。」

「為什麼？」

「私怨占了一半。他們不僅打算殺了知道真相的芙列雅，甚至還毀滅了我的故鄉。不覺得我恨他們是理所當然的嗎？」

「另一半呢？」

「為了封口。那些傢伙懷疑芙列雅還活著。絕不能讓這樣的傢伙活著。再加上，儘管可能性渺茫，說不定那傢伙一死就會中止處刑。」

我說得很像一回事。

這並非完全是謊言。剛才講的話也曾掛在心上。不過說真心話，我恨那傢伙恨到無可自拔。怎麼能原諒殺了那個人的那傢伙還活在這世上，所以我殺了他。其他理由都是其次。

「……我理解了。只是後半的意圖只能算白忙一場。」

「那和妳帶來的情報有關嗎？」

「沒錯，已經決定處刑的日期了。五天後會在這個鎮上的圓形競技場公開處刑。三天後這件事就會傳遍整個城鎮了吧。這都是為了要引你入甕。」

圓形競技場啊。

那裡是觀看奴隸與奴隸、奴隸與魔物，或者是魔物之間彼此互相戰鬥的娛樂設施。還會賭上勝負來進行賭博，享受鮮血與狂熱的滋味。

選那裡作為公開處刑場的確適合。不僅能動員大批觀眾，為了不讓魔物從擂台上逃走還設下了好幾重機關。雖然是為了讓觀眾安全觀賞魔物之間的戰鬥才準備的，但有著魔術結界與機械式陷阱。那兩種機關都具有相當的水準。

假如，我打算去救即將在擂台被殘殺的村民，想必屆時對付魔物的陷阱與結界就會發動，我將被關在裡頭凌虐致死吧。

「真是不錯的情報。多虧提前知道這點，也容易做出對策。」

「你……真的打算拯救村民嗎？那是自殺行為。要救的話至少不是在圓形競技場，而是在運送村民途中出手才對。」

確實如此。

不僅在擂台上設置了防止魔物逃走的陷阱，還有大量的士兵在進行戒備，要在這種地方出手救人，根本是腦袋有問題。

如果只是要救出村民，就應該針對運送途中下手，這才是安全又確實的做法。

「那樣一來就沒有意義。我要趁這次的活動問罪王國的黑暗面。」

在圓形競技場殺雞儆猴。

對方還特地為我聚集了大量人潮，怎麼可能不加以利用呢？

「太瘋狂了。難道你不怕死嗎？」

「怕啊。我當然怕死。更何況，要是我被抓到肯定不是一死就能了事吧。」

我深深理解那些傢伙的凶殘。

到時頂多被殺——我還沒有樂觀到那種程度。

「那麼，為什麼還要以身涉險？」

「為了讓這個國家走向正軌，這是必要的。我和芙列雅是為了和這個國家的黑暗面戰鬥才離開城裡，重生為凱亞爾葛和芙蕾雅。要是沒有人行動，這個國家只會不斷地蘊釀悲劇。會產生第二個、第三個冰狼族還有我的村子。為了阻止這種事情發生，就有賭上性命的意義。」

噢，不行。我已經快要憋不住笑意了。

我內心真正的想法，說穿了也只是因為王國讓我不爽，想要惡整他們罷了。

正義感什麼的，我連一丁點都沒有。不爽就揍，看不順眼就殺，想上就上。

在第二輪的世界，我要爽快過活，如此而已。

如果失敗的話，只要再去打倒魔王重來一次就好。我只是為了得到讓我舒暢的世界而存在於此。

「原來你已經考慮到這個地步。那麼我就不反對了。我也來幫忙吧。」

「感謝妳，能麻煩妳繼續蒐集情報嗎？」

「這樣就行了嗎？我也會一起戰鬥。」

「沒有那個必要。」

「不用客氣，因為我對你的正義有所共鳴。」

「克蕾赫，妳誤會了。這不是客氣，而是就像我說的，真的沒有這個必要。」

「要在圓形競技場的擂台上阻止處刑是不可能的。你知道那個擂台究竟有多麼凶惡嗎？」

其實當那些傢伙選擇圓形競技場的瞬間，難度就已經下降了很多。

被好幾重機關守護的圓形競技場擂台。

我反而認為那裡很安全。

「嗯，我很清楚，相信我吧。我不會做辦不到的事。說穿了，擂台的機關也是人做出來的，很簡單就能說服。只要給我五天的時間事前準備，就會成為我的助力。」

用機關和魔術創造的防禦機構。

我很擅長說服那種東西。而且，還能再追加我獨創的設計。

他們作夢也想不到原本以為用來收拾我的陷阱，會反過來襲擊自己吧。

「明白了。既然凱亞爾葛這麼說，我就相信你吧。我還會再帶情報過來。」

克蕾赫露出微笑後起身。

我也挺起身子將她抱了過來，給了她一記熱吻。

「謝謝妳為我做了這些。克蕾赫，幫了我大忙。」

「……我是為了正義才這麼做的喔。」

克蕾赫面紅耳赤，身體也變得火燙。

真的是很好操控的女人。

這傢伙有背叛了王國的自覺嗎？

「對了，還有一件事我忘了說。去留學的諾倫公主回國了。」

克蕾赫不經意地脫口說出這句話。當我聽到的瞬間，渾身起了雞皮疙瘩。
那女人回來了？
那玩意兒？
最凶惡的王族，在這個節骨眼回來了？
「芙蕾雅，妳怎麼了嗎？」
「沒……沒什麼，只是突然有股寒意。」
芙蕾雅表現的反應比我還要明顯。
不僅臼齒顫得發響，還抱緊自己的身體縮成一團。
明明已經消除了記憶，卻還有這種反應。根本就是心靈創傷了。
「你們兩人的反應真奇怪呢。她是個開朗又惹人憐愛的人。真希望也把她從揮舞著錯誤正義的王國中解放出來呢。」
「是……啊。」
我的臉僵住了。
解放那玩意兒？開玩笑的吧？那哪是什麼惹人憐愛的東西。是比黑暗還要更加深沉的黑暗。超乎規格的異常者。
趁早除去威脅吧。或許就算鋌而走險也必須趁現在殺了她。
……不，還是算了。只要在這個世界沒有危害到我，我就不會主動攻擊對方。那是我的美學。

「這次真的要說再見了。凱亞爾葛，如果有事情要拜託我就儘管說喔。」

「真是讓人放心。」

說完這句話後，克蕾赫就離去了。

……諾倫公主啊。真的是讓我想起不好的回憶了。

如果她成為我復仇的對象，就最優先對她採取對策吧。如果在這世界有人能殺我，估計只有這傢伙了吧。

好啦，比起這個，現在還是先思考眼前的問題吧。

得先潛入圓形競技場，把所有的機關都調教成我的伙伴。

第十五話 回復術士回憶起公主妹妹

在吉歐拉爾王國，除了勇者以外還有幾個人必須注意。

首先是力量僅次於勇者的三英雄。

這三人具有與【劍聖】匹敵的力量，是王家的刀。儘管只會遵照王族的指令行事，然而一旦出現在戰場，就會展現有如鬼神的成果。

在這之中，最讓我忌憚的是【鷹眼】。我和那傢伙相性很差。可能的話不想碰到他。

不過，還有比他們更為棘手的存在。

那正是諾倫公主，芙列雅的妹妹。

在戰鬥力方面與一般的村姑別無二致。然而，恐怖的是她的頭腦。如果已經充分收集有關我的情報，又交給諾倫公主制訂作戰計畫的話，恐怕一切就全玩完了。

如果還有機會，那就是得在她還沒完全收集到我這邊的情報前攻其不備。

我想起了在第一輪的世界，和諾倫公主相遇時的經過。

◇

～第一輪的世界　襲擊魔王的半年前　於魔族領域～

由於獲得了藥物抗性，我總算找回了自我。

然而，我卻隱藏了這件事情將近半年之久。

至於為何這麼做有幾點理由。反正現在逃走也無濟於事。

就算出其不意，奇蹟般地順利跟他們周旋了一番，到頭來我也只會被虐待我的三名勇者殺掉結束這一生。

這樣到底又有什麼價值？

被搞得一塌糊塗的人生已無法重來。

所以我決定了。要得到在芙列雅公主的記憶中出現的魔王心臟，也就是賢者之石。一旦得到讓魔術之力爆炸性提升的那玩意兒，就能把整個世界都【恢復】到四年前的狀態。

之後就可以展開全新的人生。沒錯，要走向能讓我幸福的人生。

為了達成這個目的，還是和這些傢伙在一起比較好，為此，也絕對不能讓他們察覺我已經取回自我。

一旦他們察覺到這點，想必又會打算破壞我的精神吧。

這次會用藥物以外的方法。

正因為這樣，我才要假裝自己已經壞掉了。

……偶爾會覺得，壞掉反而還落得輕鬆。

在維持理性的狀態下接受那些傢伙的折磨，根本就是如同地獄般的酷刑。

與此同時，我甚至會覺得這樣也不壞。這樣我就能一步一步地累積汙濁黑暗的憎恨。到時無論做出多麼慘無人道的事情，也不需要有絲毫猶豫。

「好啦，總算只剩我一人了。」

今天由於大小便失禁，作為懲罰被丟出了帳篷外面。

這種事我已經司空見慣。只是外頭非常寒冷。儘管一般人應該會搞壞身體，但那幫傢伙認為反正我會用【恢復】治癒自己，才會這麼對待我。

喪失自我的那陣子只能抱著自己的身體發抖，不過現在可不同。

我要為了復仇鑽研利牙。

於是，我悄悄地隱藏氣息離開帳篷。

來到聲音傳遞不到帳篷的地方後，我讓魔力在全身循環，進入戰鬥狀態。

要搶先三名勇者奪取魔王的心臟「賢者之石」，必須要有能力。

原本，身為回復術士的我沒有攻擊力。也不會體術。

只是，當我摸索【恢復】進一步的可能性後，找出了【模仿】、【改良】和【改惡】這種新的應用方法。

使用【模仿】就能複製其他人的技能與經驗作為己用，運用【改良】就能把自身改造成適合戰鬥的肉體，至於【改惡】，則是能把敵人恢復到毀壞的狀態，從而一擊必殺。

無論哪招都很強力，然而各自都有巨大的缺點。

比方說，即使【模仿】了經驗與技能，那也是配合本人肉體才能辦到的動作。以我的身體來模仿效果只會一落千丈。必須要調整成適合自己的肉體使用才行。

然而就算將身體改造成適合戰鬥的形式，要能運用自如也是另一回事。急遽地改變平衡，甚至會連一般步行都有問題。必須修煉到能自在地掌控改造後的肉體。

【改惡】的一擊必殺雖然強力，但除非接觸到對手否則也無法發動。

面對超一流的對手時，光是要觸碰就有多麼困難，我對這點知之甚深。

所以才要鍛鍊自己。

在夜晚的森林中，重現透過【模仿】獲得的高手動作。

認知到與想像中的誤差進行微調。另外再重新組合複數高手的動作，尋找最完美的模式。

自從開始這個流程後過了三個月……總算開花結果了。

「即使光看體術，也已具備相當高的水準。」

總算能進行到下一階段了。

我運用【改良】。

透過這魔術，我把天賦值調成偏重在速度上。

然後在這個狀態下操演武術的型。結果實在慘不忍睹。
我早已料到了。一般狀態下好不容易才能運用自如的技巧，如今調整為兩倍速，不可能馬上就能施展出來。
然而，我非得這麼做不可。高手們是同時用技能與特技強強化自己千錘百鍊的技術。能處於那個領域的，是勇者們以及上位魔族。
我能用【模仿】奪走的只有經驗與技能，無法奪走特技。那麼，既然要彌補這個差距，我就得搭配複數的經驗與技能，特化成屬於我的全新戰鬥風格，並透過【改良】獲得壓倒性的速度來彌補，藉此凌駕於對手之上。
攻擊力根本沒屁用。只要能碰到對方就行了。
所以，我用【改良】將速度提升到極限，努力把這套戰鬥風格發揮得淋漓盡致。
這並非一朝一夕就能習得的技巧。
這點小事我自己也清楚。
但是，忍耐和累積都是我的拿手絕活。
如果是為了向那些傢伙復仇，無論什麼事我都能忍。
過度操使的肉體發出慘叫，肌肉斷裂。超過負荷的心臟彷彿就像要爆開來。
然後我迅速【恢復】自己，繼續特訓。
因為有這招，我才可以做這種會玩死自己的無謀之舉。孜孜不倦地反覆鍛鍊自我。儘管唯有精神的疲憊無法用【恢復】治癒，卻有股黑色的意念驅使我前進。
當我回過神，太陽已經冉冉升起。
今天的特訓到此為止。不能讓偷溜出來的事情穿幫。不要焦急，著實地一步一步前進吧。
為了確實地完成復仇。

◇

我們的旅行基本上採徒步方式。
一開始也準備了馬車，但馬匹轉眼間就被捲入戰鬥中遭到殺害，行李架則是整個報廢。
回復術士的我，被視為免費又可盡情暢用的聖靈藥，兼搬行李工人。
拜從屬勇者隊伍所賜，我獲得了大量經驗值，就算扛著超出身高的巨大行李也不覺辛苦。
不過，芙列雅公主一直很不悅。
這趟徒步之旅已經持續了兩個月左右。食料和水會在當地調度。由於我們位於魔族領域，所以在城鎮也沒辦法進行補給。
對以公主身分無憂無慮成長的芙列雅而言，這趟不便的旅行似乎讓她痛苦萬分。一直在嚷嚷著想要化妝品，或是甜點那種實在沒辦法取得的物品。
也無法保養引以為傲的淺桃色秀髮，整個濕濕黏黏的。

即使如此，她的自尊心依然沒有受挫。

「真是的，那個還沒好嗎？已經差不多到極限了。布列特，約好的場所是這裡沒錯吧？」

「是啊，肯定沒錯。請妳冷靜點。要是太吵的話會有敵人靠近。好不容易補給的物資要是被魔物奪走可就更不開心了吧？」

皮膚黝黑的光頭壯漢，【砲】之勇者布列特安撫芙列雅公主。

簡直就是老師在對待學生似的。布列特除了對待少年以外都很正經。沒有身為勇者而戰的時候，是以一名神父的身分經營孤兒院，受到小孩以及周遭人士的仰慕。

直到小孩子畢業之前——不知道自己在被扶養成布列特喜歡的類型後，就會開始受到性方面的暴行，最後還會以最為美麗的狀態被保存下來——都會一直仰慕著他。

那傢伙在捅著我的屁眼時曾說過，最喜歡聽到孩子們被信賴的自己背叛時發出的慘叫。

「說得也是……討厭，我不想再待在魔族領域了！諾倫也是，到底在做什麼？明明快點去毀滅魔族的村莊和城鎮，重新構築據點就好了啊！」

「我也贊成這個主意。我們勇者不適合過這種與山賊無異的生活。只要有據點……至少可以在那過著像人類的生活。」

看起來像是留著金髮的溫文儒雅男子，其實是女扮男裝的美女表示同意。

【劍】之勇者布蕾德。她只愛女人，為了跟女人上床而打扮成男性的模樣。然後，深信我是芙列雅中意的對象，每每對我訴諸暴力。

到了最近，甚至還會把旅行累積的壓力發洩在我身上。

被打的要不是我早就死了吧。

再加上，她現在已不僅是動用暴力。

明明有芙列雅這個理想女人在身邊卻不能出手，讓布蕾德的性欲無處發洩。

所以她就把矛頭指向我了。讓我穿上她偷偷帶來的女性連身裙，說著「如果只看外表還是個可愛的少女，就忍耐一下吧」這種話蹂躪我。

然後，在辦完事後就說「都是你害我被男人碰到了」什麼的，對我施展蠻橫的暴行。

不可原諒。遭到這種待遇後我才發現，被扮成女裝，甚至還被說可愛，這狠狠地踐踏了我的男性尊嚴。

比起肉體的疼痛或強迫性行為帶來的恐懼，反而是被當成女人這件事讓我萌生了無與倫比的殺意。

我絕對不會忘記這個屈辱。

總有一天重啟人生的話，就要像我的男性尊嚴被徹底遭到踐踏一樣，要先讓這傢伙想起自己是個女人之後，再徹底地踐踏她的女性尊嚴。

正當我腦海中盤算著這種事時，布列特舉起神砲塔斯拉姆。

「布列特，現在來的是我們等待的期盼已久的補給嗎？」

「不，不對。如果是受我鍛鍊過的那些孩子，會更巧妙地隱藏氣息。有可能是敵人。」

我們勇者小隊位於魔族領域，處於孤立無援的狀態。

處在魔族領域的魔族和魔物的實力非比尋常，不給我們構築據點與補給地點的機會。

然後，除了我們勇者以外的人都早早丟了性命，根本沒發揮護衛應有的作用。

話雖如此，要完全沒有補給還是有限度。

【砲】之勇者布列特事前就吩咐自己栽培的暗部們，要一個月一次幫忙將最低限度的物質搬運過來。

然而，從布列特的話語推斷，接近我們的人似乎不是暗部的人。

「呵呵呵，有膽識。居然在我期待已久的補給時間來礙事，等著被我燒得灰飛煙滅吧。」

芙列雅提高魔力並舉起魔杖。桃色的秀髮閃閃發亮並飄浮起來。

芙列雅認真戰鬥時總是會變得如此。

然後，來訪者現身了。

布列特放下神砲塔斯拉姆，芙列雅則是壓抑住高漲的魔力。

「諾倫，為什麼妳會在這裡？」

出現在眼前的是騎馬隊。

有名騎士騎著格外醒目的美麗白馬，而在其身後有一名少女。

有著和芙列雅同樣的桃色秀髮。明明是在森林中卻穿著特製的華麗洋裝。和芙列雅不同，

儘管肉體尚未完全發育，卻宛如妖精般可愛迷人。

那名少女有著美麗的臉龐。尤其引人注目的就是那雙眼睛。從中可以感受到強大的智慧光輝以及自信。

諾倫公主。不僅是芙列雅公主的妹妹，也是討伐魔族作戰的最高司令。

「難得我為了芙列雅姊姊帶了珍藏的禮物過來，這樣說還真過分呢。」

「妳那種拐彎抹角的地方，我不是很喜歡。」

芙列雅這麼說完，諾倫公主不知覺得哪裡有趣，嘻嘻地笑了出來。

「我啊……很喜歡芙列雅姊姊的那種表情喔……不過時間寶貴，先揭曉謎底吧。我們已經占領魔族的一個城鎮，拉出了補給線喔。今後就能以那個城鎮為據點，和魔族戰鬥。」

芙列雅、布蕾德以及布列特三人瞪大雙眼，隨後發出了安心的嘆息。

有了據點，就能定期接受補給。更重要的，是可以過像人的生活。

那對他們而言是最為放心的消息。

「謝謝妳，諾倫。這樣就能每天洗澡了呢。」

「要感謝我喔。不過，其實是芙列雅姊姊你們的功勞呢。因為布列特會定期在補給時送出魔族的能力、習性、分布、地形以及地圖等等，所以才能完成這個創舉。」

芙列雅與布蕾德望向布列特。

皮膚黝黑的壯漢見狀，搔了搔沒有毛髮的頭部。

「布列特，你都在做這種事嗎？」

「嗯，算是啦。那就是先遣隊的工作。為了動員大部隊需要情報。然後，我相信只要收集這麼多情報，諾倫公主就一定會設法解決問題。」

布列特除了戰鬥力、野外求生的技術以外，對諜報方面也很在行。

這幾個月的旅行，同時也是為了調查魔族領域這個未知之地。

「那麼，立刻為你們帶路吧。到我在魔族領域確保的人類據點去。」

諾倫莞爾一笑。

看到她的笑容，讓我渾身充滿寒意。

◇

抵達鎮上後，我差點就吐了。

呈現在眼前的是滿山遍野的屍體。無論魔族還是人類都被一視同仁堆疊上去。

眼前的光景就連勇者一行人也瞠目結舌。

魔族的外表和亞人並無二致。說得極端點，魔族就是具有讓魔物服從的能力的亞人。

「啊，不可以喝井水喔。裡面放了滿滿的毒。放一個星期左右不知道會不會變清澈呢？」

「毒？」

「魔族啊，雖然很強但腦袋卻不靈光喔。明明是這麼大的城鎮，卻好像沒有想到要保護水源呢。所以我就在外面挑撥，讓他們打守城戰。再來只要在水源處倒入大量的毒，就輕易地瓦解了，真是掃興……不過，大概是仗著自己很強，所以沒用心警戒人類擅長的卑鄙手段吧。光是注意到這點或許也算是個收穫。」

從可愛迷人的少女嘴裡，就像閒聊一樣說著無情的戰術。

【劍】之勇者四處張望後，詢問諾倫公主。

「為什麼要趕盡殺絕？如果用那種戰法，應該很早就分出勝負了吧？」

「要是他們向外頭通知這個城鎮遭到占領會很麻煩。所以我才會用心留意不讓任何一隻逃走。如果他們跑去求助其他城鎮的魔物會很煩嘛。雖然說有努力留意，不過還是走漏了風聲，總有一天魔族會攻過來。到時如果他們從內側發起暴動會很煩人吧？所以就趕盡殺絕了。」

儘管已經參加過好幾次諾倫公主制訂的作戰計畫，但她的戰術欠缺了人道考量，眼中只有效率。

「啊，騙人的啦。我沒有趕盡殺絕。為了收集情報，有好好地把必要的留了活口。就是握有情報的人，和那個人重要的對象。拜此所賜，鏘鏘～魔族領域的地圖！輕鬆就得到這個了。這可以知道魔族的城鎮和村莊位於哪個位置。這樣一來就能使用有趣的計策了。」

諾倫公主像小女孩一樣笑著。

那是對著芙列雅露出的笑容。

「雖然想等休息後再說，不過現在也行。我要派給芙列雅姊姊一項任務！這是為了不要失去這個據點的非常重要的任務喔。」

只有不好的預感。

然而，要是不照諾倫的吩咐去做，想見這個據點很快就會被奪回去。

「應該是要找個地方架構防衛線，要我待在那展開砲擊對吧？」

「怎麼可能會做那種讓人想睡的事啦。要是採取守勢，戰爭就結束了喔……我把三英雄中的【神速】之嘉爾多帶來了。」

具有僅次於勇者實力的三英雄。【神速】之嘉爾多是操控幻獸獅鷲的男子。

獅鷲能不發出任何展翅的聲音，載人翱翔於天際。

「我要妳坐在嘉爾多操控的獅鷲後面……」

諾倫拿著羽毛筆，朝著從魔族手中取得的那張記載著城鎮與村落的地圖振筆疾書。

「在這樣的路線上趁夜間飛行。放心吧，就算在夜晚嘉爾多也能操控獅鷲……然後呢，當你們和城鎮交錯而過時，就用芙列雅姊姊的第七位階魔術【煉獄】轟地炸下去！那招可以把半徑一公里左右都炸掉，讓周圍整個燒起來，很厲害呢。記得一天可以擊出三發對吧？我想要妳用那招，一天燃燒三個城鎮。擊出後甚至不用確認著彈地點也沒關係。只需要盡快隱身於黑夜，前往下個城鎮。很簡單對吧？」

理解這句話後，就連勇者們也一臉鐵青。

因為他們理解這意味著什麼。

「請等一下，這也實在太……」

「咦？芙列雅姊姊無能到連這麼簡單的事情都辦不到嗎？」

「是辦得到，但這樣等於不分青紅皂白地殺害大量的魔族。這是連身為女性或小孩也無關的無差別殺人耶。」

「所以才好啊。聽好嘍？一旦這個城鎮的局勢不妙，就會有魔族的軍隊前來這個城鎮對吧？不過要是透過轟炸。讓許多城鎮死了上百上千人的話，他們就無暇顧及此事了。這樣能確實分散對方的戰力……不僅如此，還會以保護自己的城鎮為最優先考量，根本不會想到要為了幫助其他城鎮而派遣戰力。妳看，這樣這個據點就能維持安全了！」

儘管感情上否定，但誰也無法反駁。

因為這是最為安全又具有效果的方法。

「可是，諾倫……」

「我說，芙列雅姊姊？難道妳想反抗我？芙列雅姊姊除了是個高性能大砲，或是欺瞞愚蠢的民眾以外毫無可取之處，這種小事至少要做好吧。」

諾倫的眼神很冷淡。被那雙瞳孔注視的芙列雅為之一顫。

「知道了……為了守護這個據點，我接下這個任務。」

芙列雅抱緊自己的身體點頭同意。

諾倫滿足地點了點頭，靠近芙列雅的耳邊。

然後……喃喃說了一句：

「把女人……小孩……還有老人都一起大量虐殺。加油喔。芙列雅姊姊。」

聽到這句話後，芙列雅的肩膀一顫。

「芙列雅姊姊先去暫時設立的指令室開作戰會議。我已經把詳細內容傳達給部下了，要好好聽他們說明喔。呃，至於其他勇者大人，我已經先把有錢人魔族的宅邸整理好了，我來幫你們帶路吧。」

此時，諾倫歪了歪頭表示不解。

然後，走到我的旁邊。窺視我的眼睛……嘴角浮現滿意的微笑。

諾倫公主把布蕾德和布列特交給負責帶路的騎士從我身旁支開後，總算開口說道：

「哦～明明壞掉了卻又修好啦。芙列雅姊姊真的很糊塗呢。居然就連自己寶貝再寶貝的中意玩具修好的事情都沒發現。噢，安心吧。我啊，不會洩漏你已經修好的事……相對的，我有個請求喔。真是太好了。我也能使用那女人寶貴的玩具。」

對我來說，那宛如惡魔的契約。

第十六話 回復術士將結界變為血界

……與惡魔訂下契約，就是指那種事吧。在第二輪的世界，我不想再和諾倫公主有任何瓜葛。就算要扯上關係，也是要在諾倫公主沒有我這邊情報的狀況下。

一旦被諾倫公主知曉手牌，那我就沒有絲毫勝算。

我深深地吐了一口氣後，離開了旅社。

周圍已經一片黑暗。

在圓形競技場，將要對我故鄉的同胞處刑。

雖然已經決定在處刑前一刻展開襲擊救出人質，但存在著幾個問題。

首先，得突破護衛的士兵。這部分沒有問題。只要沒有【劍聖】等級的高手在，根本輕而易舉。

然後，另外一點就是必須要突破圓形競技場的陷阱。

由於圓形競技場甚至會把魔物之間的戰鬥作為節目觀賞，因此在擂台上設有機關，好讓觀眾能安心觀戰。

機關有兩個。

首先就是這地方只有兩道門，是由厚重的鐵牆封閉起來。

再來，就是該處會同時展開兩種魔術結界。

第一種是讓人無法從內側脫出的圓頂形防禦結界，這提高了脫出的難度。

要不管三七二十一直接打破結界，得需要【砲】之勇者或是【術】之勇者等級的火力。

棘手的是，第二種結界更讓人煩躁。

那種結界近似弱化系咒術，會不斷吸走擂台上生物的魔力與體力。而且還會用吸收的魔力持續提升結界的強度，是一種猶如惡夢般的結界。

再進一步說的話，只要有專用的首飾就不會受到結界的影響，所以負責護衛的士兵並不會被弱化。

「不僅被關在裡面，還被吸走體力和魔力，敵人卻沒有任何影響。就算是我也會手無縛雞之力任人宰割吧。前提是我對此一無所知的話……」

我冷笑了一聲。

畢竟夜深人靜，我輕易地就潛入了圓形競技場。好啦，該工作了。

既然結界讓人棘手，那只要事先動手腳使其無力化，就完全不成問題。

不僅如此，我甚至還能利用結界。

或許是在想事情的緣故，行蹤被看守發現了。

「你這傢伙，是……」

圓形競技場的看守出聲警戒。然而，他話沒辦法講到最後，就按住喉嚨開始全身抽搐。是因為我朝他的喉嚨射出了針。

那是速效性的神經毒。為了避免無益的殺生，這只會讓他暫時麻痺，並沒有殺傷力。

我勒住看守的頸動脈讓他失去意識。

「【恢復】。」

並用【恢復】之力讀取記憶。

看守的配置還有換班時間。另外……

「原來如此，在那裡啊。」

我露出奸笑。

這次的目的是對結界動手腳，只是我不確定是否能確實駕馭這裡的結界。成功率大概一半一半吧。

這意味著，設置在這裡的結界是多麼超出規格的產物。

正因為這樣，我有必要先偷走首飾作為保險，免於受到結界的影響。

我已經掌握首飾隱藏在哪。

我將昏迷過去的看守藏在暗處後，迅速地前往首飾的所在之處。

◇

保管首飾的場所是位於圓形競技場東南方的寶物庫。馬上就要到了。

現在必須提高警覺。

接下來連一次戰鬥都不能發生。

一旦在寶物庫面前發生爭鬥，敵人就會起疑是不是有什麼東西被偷。我不希望把自己可能已經取得首飾的情報透露給敵人知情。

儘管對方應該會定期清查寶物庫的內容物，但我已準備好這方面的對策。

我拍了拍口袋。好，看來沒有掉。

順便說一下，我現在的狀態值是特化為潛入用。

種族：人類　名字：凱亞爾
職階：回復術士、勇者　等級：38
狀態值：
MP：67／67
物理攻擊：129　物理防禦：107　魔力攻擊：59
魔力抗性：36　速度：119
等級上限：∞

天賦值：
MP：40
物理攻擊：162　物理防禦：133　魔力攻擊：70
魔力抗性：40　速度：150　合計天賦值：595
技能：
・回復魔法Lv2　・神劍Lv4　・看破Lv4
・鍊金魔術Lv4　・氣息遮斷Lv3　・探索Lv3
特技：
・MP回復率提升Lv2：回復術士特技，MP回復率會上升補正兩成。
・治癒能力提升Lv2；回復術士特技，回復魔法會向上補正。
・經驗值上升：勇者專用特技，包含自身在內，隊伍將取得兩倍經驗值。
・等級上限突破（自）：勇者專用特技，解放等級上限。
・等級上限突破（他）：勇者專用特技，將灌注了魔力的體液給予他人，就有低機率可以使他人的等級上限＋1。

儘管我能【模仿】他人的技能，但有著最多只能設定五個的缺點。

這次解除了平常愛用的超高速移動技術【縮地】，以及能發揮極限集中力，操控體感時間的【明鏡止水】這兩項技能，相對的，設定了在隱密行動時能派上用場的【氣息遮斷】。以及能開鎖或是察覺到陷阱等，將探索者(偵查)所需的技能都全部強化過的【探索】。

我消除氣息，總算抵達寶物庫後，用鍊金魔術熔化手邊的金屬，將其灌入鑰匙孔裡再凝固，完成速成的鑰匙。

上面還設有魔術陷阱，我小心翼翼地使其失去作用。

接著進入寶物庫，尋找消災的首飾。

那是上頭鑲有紅寶石的銀色首飾。

真令人懷念。

在第一輪的世界，芙列雅公主為了作弄我，曾經強迫我在圓形競技場戰鬥。當時還把這個配戴在身上。

只不過那時的我是藥物成癮的廢人，處於沒辦法隨心所欲動彈的狀態，魔物攻擊了我，在大批觀眾的眼前把我單方面凌遲了一番，差點就死了。

根據當時的芙列雅和【劍】之勇者布蕾德的說法，他們似乎是為了教育弱到派不上用場的我才這麼做。光回想起來就令人不爽。

雖然是慘痛的經驗，但多虧這件事，我才知道圓形競技場有著結界以及消災首飾的存在。對此還是心存感謝吧。

我從寶物庫回收消災的首飾，取而代之，用鍊金魔術製作了冒牌貨放在原處。

除非有高水準的魔術知識，否則不可能識破。

好啦，保險已準備好了，來做正事吧。

◇

所謂的結界，得根據兩個要素才能成立。第一是確保魔力來源。第二則是根據魔法陣設計術式。

然而令人驚訝的是，圓形競技場的魔力來源是來自觀眾。

所有觀眾席都附有吸收魔力的機能。

因為人類會下意識地漏出微量的魔力。儘管微量，一旦從所有觀眾身上吸收魔力的話可就不容小覷。

「真誇張。這種事情有可能辦到嗎？」

我之所以會感到驚訝，是因為以現今的技術而言不可能辦到這種事。

就連軍方也在研究如何利用空氣中的魔力。不僅只有人類經常漏出的微量魔力，在戰場發動魔術時，無法完全變換的殘渣也會形成無色的魔力飄盪在空氣中。

規模越大的戰鬥，更是充滿了異常龐大的魔力。如果能將那轉換為攻擊魔法，還能發動勇者等級的魔術。

然而，卻從未聽聞這個研究已經完成的消息。

「畢竟這圓形競技場本身就是遺產啊。」

遺產。那是對以當代的技術無法再現，過於進步的技術之總稱。

這個城鎮也曾以圓形競技場這個遺產作為地標聚集人潮，以此繁榮了一時。

集結了無數人類的技術、知識以及經驗的我，之所以會認為沒辦法從中動手腳，是因為這些是歐帕茲，人類所無法駕馭的產物。

我將魔力灌入結界內代替超音波，以確認結界的術式。

用來作為動力源的魔力吸收技術沒辦法修改。那麼，如果是構築結界的術式部分的話如何呢？

我感覺到自己的嘴角微微上揚。

「原來如此，這邊是經由人手加工後的術式啊。要對吸收魔力與轉換為結界動力的部分動手腳確實不可能，但除此之外都是後來才附加上去的。如果是人類可以製作的東西……」

這個圓形競技場的術式，是用我能理解的架構製成的已知技術，這個想法浮現在我腦海裡。

「那麼我就沒理由不能修改。」

全力動力大腦思考，解析術式。再進一步假設我所需要的機能，想像最終的完成型。找出問題點，改善，重新檢查。

很好，設計完成了。好啦，開始作業吧。

在術式裡設置我專用的後門迴路。無論物理方面還是魔術方面都加以調整。

不到三十分鐘，這個結界就追加了祕密功能。

只需要我一個信號，這個結界就會呈現出另一種面貌。

真令人期待。

當他們把我關在這裡打算讓我無力化，帶著必勝的確信發動結界時——

結果反而會讓自己墜入地獄深淵。

到時他們究竟會露出什麼樣的愚蠢表情呢？

相信自己必勝而疏忽大意，在下一個瞬間絕望。看到那樣的人類是最令人愉悅的。

「好了，回去吧。」

既然完成目的就迅速撤退吧。

我為了不讓人察覺術式被修改而動了手腳，在不被任何人察覺的情況下離開了圓形競技場。

已經確實準備好陷阱，好血祭那些自以為是獵人的蠢豬。留在這裡已經沒有意義了。

第十七話 回復術士緬懷過去的隊伍

對圓形競技場的結界動了手腳的隔天，我帶著冰狼族的剎那，以及隨從芙蕾雅一起出城。

城門隨時都有王國的士兵看守，調查每個從此進出的人類。

「真是辛苦他們啦。」

果然沒有使用鑑定紙啊。

雖說是王國，但要對出入這個城鎮的所有人類使用鑑定紙實在過於荒唐。

頂多是詢問職階，當對方回答是回復術士後才使用鑑定紙，然而這根本就愚蠢透頂。

在這種狀況下，我怎麼可能會傻到回答自己是回復術士。

我們不費吹灰之力就穿過了城門。

這樣根本只是浪費稅金和兵力。王國果然廢到掉渣。

◇

我騎上騎乘用的馳龍，朝向有許多魔物的森林之中前進。

一如往常，剎那瘦小的身軀縮在我和馳龍的脖子之間，芙蕾雅則從背後抱住我。

之所以來這裡，是為了能多少提升等級。

只要變得越強，就越能提高生存機率。

尤其是剎那，她的等級上限已經大幅提升，之前儲備起來的經驗值已全部都消耗殆盡。已經不會在等級上限提升的同時一併提升等級。

「那個，凱亞爾葛大人。告訴剎那一件事。」

「怎麼突然這麼問？」

「凱亞爾葛大人，為什麼要復仇？就算殺了憎恨的仇人，也不會有人死而復生。你不曾想過，為了這種事情而傷害自己傷害他人很愚蠢嗎？」

真是深奧的問題啊。

我想，這肯定也是剎那自己本身的煩惱吧。

因為我告訴過她我殺了禁衛騎士隊長，讓他接受殺害安娜小姐應當的報應，所以剎那才會這麼問我吧。

那次行為只是徒勞無功。然而，這次是為了阻止在圓形競技場舉行的處刑，才要攻入裡面拯救村民。這是有意義的行為。

然而，在那個時間點就算殺了禁衛騎士隊長，也無法讓任何人得到救贖。

那麼，為什麼要做出這種事呢？

「我痛恨的傢伙光是逍遙活著就令我反胃。當我看到他們痛苦呻吟的模樣，會打從心底感到快樂，十分痛快……讓我興奮。總之，就是快樂我才做，僅此而已。那並不具有生產性或是建設性，只是單純的興趣。」

因為快樂又痛快。除此之外不奢望什麼。

而且，我絲毫沒有打算為復仇奉獻一切的念頭。我只是想獲得幸福。結束復仇之後的人生還來得更為長久。一旦結束復仇就什麼都不剩的人生，實在過於空虛了。

我認為復仇頂多是為了獲得幸福的其中一項娛樂。我是為了能活得歡樂自在才行動的。

一想起向芙列雅復仇那時的事，就連現在都會興奮，每當我抱著變成芙蕾雅的她，就會感受到自己正自由地玩弄那個芙列雅而充滿愉悅。

禁衛騎士隊長雷納德被凌辱的模樣也是讓我笑到無可自拔。

一想到這些，我就忍不住笑意。

「凱亞爾葛大人是因為復仇很快樂才去做……原來如此，剎那也了解那種心情。」

「雖然剎那守護了冰狼族族人的性命，但是妳沒想過更進一步的事嗎？像是找出逃走士兵的所在處殺了他們之類的？」

「有想過，但是忍住了。比起那個，還是以幫上凱亞爾葛大人為優先。」

「我認為剎那這樣就行了。很正直。」

至於我，已經跨越那條正常的界線。會對復仇感到有多少樂趣是因人而異，明明有些人就算復仇也不會快樂，卻在非得這麼做不可的強迫觀念下驅使。像這樣的傢伙是不幸的。他們並沒有享受復仇的樂趣，而是遭到復仇束縛。

「嗯。剎那很正直。凱亞爾葛大人的復仇要持續到什麼時候？」

「不好說呢。會讓我憎恨到想殺掉的傢伙應該沒那麼多吧。之後才冒出來的傢伙就不得而知了。」

我絕對不會原諒、不會允許有人掠奪我。如果湧出新的害蟲就一個一個把他們擊潰。

因為剎那提到復仇，讓我回想起第一輪的事情。

第一輪的世界是地獄。

拯救世界的勇者隊伍，講白了根本就是異常。

【術】之勇者芙列雅公主把我當狗看待，反覆對我施以暴行。

【劍】之勇者是極度討厭男人的女同性戀，明明討厭男人，卻以容易誘惑女性為由打扮成男人，以男人的身分行動。她迷戀著芙列雅公主，當芙列雅把我當狗虐待時甚至會對此感到嫉妒，說「明明只是個骯髒的男人竟敢觸摸芙列雅大人」對我暴力相向。

芙列雅明明知道這件事，還刻意煽動【劍】之勇者的嫉妒心，拜此所賜，害我有好幾次都差點被殺。

【砲】之勇者乍看之下是個值得依靠的大哥，但個性糟透了。

他有戀童癖。最喜歡可愛少年，似乎相當中意我的外表。對沒有飯吃挨餓的我，會用嘴對嘴餵食的方式給我食物，對我進行性虐待更是家常便飯。

最麻煩的，是他會親切地灌輸「我是為了你才這麼做的」的觀念，稍稍做出違背他期待的反應，就會毫不留情訴諸暴力。一旦收斂暴力行為，又會哭著道歉。然後……以安慰或是贖罪為藉口貪求我的肉體。

甚至到了最後，還以「不忍心再看到你繼續成長，要趁你還美麗的狀態下保存下來」為由，好幾次都真的差點死在他手下。要是芙列雅沒有阻止，我肯定已經死了吧。我無法想像有比他更差勁的男同性戀。

冷靜思考後，在第一輪拯救了世界的隊伍無論怎麼想都很奇怪。相較之下，甚至連芙列雅看起來都像正常人。

來整理一下吧。

【術】之勇者芙列雅……雙重人格等級的神經病患。表面上是一名聖女，背地裡則是個性殘虐，喜歡欺負弱小的虐待狂。無法理解他人的痛苦，只要能利用的話無論什麼都能利用的冰冷女子。

【劍】之勇者布蕾德……外貌是個年輕有為的青年，身為人們模範的存在。但真實的她是個女扮男裝的同性戀。極度討厭男人，嫉妒心還異常強烈。一旦有男性接近自己中意的女人，就會給予對方精神及肉體上超越想像的打擊。

【砲】之勇者布列特……在勇者中最為年長。經驗豐富又可靠的大哥。不論任何情況下都會冷靜地支持著勇者們。然而，他的真面目是最喜歡少年的死變態。在那方面完全沒有任何自制心，儘管會疼愛男孩，但一旦事不順心就會立刻大動肝火。而且，還不允許少年成長，是個不惜下殺手也要讓對方以少年的模樣結束這一生的殺人魔。

正常的只有我而已。然而我卻也成了毒癮廢人早就壞了。

儘管途中恢復了神智，但恢復正常後，意識半清不醒地反而更為難受。

真是沒想到，這樣的一群傢伙居然能完成討伐魔王的旅程。

說不定在途中就遭到全滅反而是為了這世界好呢。

「凱亞爾葛大人，你在笑。」

「因為我稍微懷念起以前的往事，想起了過去的同伴們。」

「凱亞爾葛的同伴？剎那有點在意。」

「是很愉快的一群人喔。」

愉快到讓我都想殺了他們呢。

我之所以會笑，是因為在思考遇到【劍】之勇者和【砲】之勇者時該怎麼做。

如果這個世界的他們還算正經的話，就放他們一馬吧。只因為未來會犯罪就懲罰他們，我還沒有心胸狹隘到那種地步。

不過，那些人渣在這次的世界根本不可能當個正常人。

我想到了。如果【劍】之勇者是人渣的話，就讓她在最喜歡的芙列雅見證下，遭到男人輪姦好了。她肯定會很開心吧。我真溫柔。把男人的優點烙印在她靈魂深處，調教成沒有男人就忍受不了的身體。還要保有她喜歡女人的心。

如果【砲】之勇者是人渣的話，為了讓他再也無法對純真的少年逞凶，到時就切斷他的四肢，把舌頭和那話兒都打爛。要把他變成任誰也不想接近的醜陋模樣，讓他只能一輩子在最底邊伏地爬行。

對了，他當時靠著勇者能力賺錢，買下了引以為傲的收藏品。據他所說，是趁還沒成長過頭前就先暫停時間保存下來的東西。只要利用那個，就能讓他品嚐到更深的絕望吧。

差不多到狩獵的地點了。緬懷過去就到此為止吧。

「剎那，芙蕾雅，集中精神。差不多要到魔物群聚的地點了。」

「嗯，知道了。」

「凱亞爾葛大人，今天我會加油的！」

她們兩人都幹勁十足。

「芙蕾雅，能不能在這裡使用我教妳的那招魔術？」

其實為了增加戰力，我教了芙蕾雅她應該能用的魔術。

「我試試看。【熱源探查】。」

這個魔術是火魔術的一種。

是可以感應到熱源的搜敵魔法。

「發現了。在東南方兩百公尺前方，有兩隻魔物站在那裡。從形狀來看是半獸人！」

「不愧是芙蕾雅，好身手。」

我騎著馳龍往芙蕾雅指示的方向前進。

一般的魔術士頂多只能感應到三十公尺就是極限，然而，她現在卻能捕捉到兩百公尺遠的魔物。

最大有效距離應該比這更遠。

像這類的搜敵魔術比蹩腳的攻擊魔術更具價值。

假如不能得知敵人的位置，無論具有多強的攻擊力也無用武之地。

至今為止的芙蕾雅只不過是單純的大砲。要是沒有偵查人員收集情報，就無法發揮她的價值。

然而，獲得了這個魔術後，芙蕾雅就蛻變了。

得到了能捕捉所有敵人的最有效眼睛，即使單獨行動也能發揮作用，不容易受到偷襲。

無論隱藏氣息，不發聲響還是隱藏身影，到頭來依舊無法消除體溫。如此有用的搜敵技巧甚至能達到數百公尺之遠。只要得知對方的所在地，無論距離多遠芙蕾雅都能狙擊。

這魔術就算說是犯規也不為過。真不愧是【術】之勇者。

「凱亞爾葛大人，這個魔術方便到讓人震驚呢。」

「還好啦，因為是我創造的魔術嘛。絕對別把這魔術的事情告訴別人喔。」

順帶一提，這是我自創的魔術。

在這個世界能用這招的只有我和芙蕾雅。所以絕對有必要隱藏起來。方便也意味著一旦遭到他人利用就會變得很棘手，再進一步說的話，代表無論我方藏得多麼巧妙，也得承擔會被輕易發現的風險。

我們抵達芙蕾雅所發現的敵人眼前了。

好了，開始狩獵吧。

多虧有【熱源探查】，能以最高效率提升等級。就來充分提升等級，準備應付村民的公開處刑吧。

第十八話 回復術士試著鍛鍊芙蕾雅

開始狩獵。

這次的關鍵是芙蕾雅新學到的【熱源探查】。

這種魔術會以顏色區分周圍的熱量，給予術者視覺化後的影像。

是我獲得了好幾名魔術士的知識才創造出來的魔術。

我認為實戰中最為必要的，就是雪亮的眼睛。

無論具有多麼高超的攻擊力，要是找不到得以發揮的敵人也毫無意義。

無論具有多麼卓越的防禦力，只要被敵人攻其不備也會受到致命傷而倒下。

所以要比對手更快把握彼此的位置。這就是最佳的致勝法則。【熱源探查】就是根據這個結論所發明的魔術。

無論具有多麼優秀的氣息遮斷能力，就算能消除聲音與氣味潛伏在死角，也不可能消除體溫。

【熱源探查】是最強的探索魔術，這點肯定沒錯。

現在，不光只是前方，全方位的視角都映照在芙蕾雅的腦海裡。

這正是在實戰才能大放異彩的魔術。

實際上，現在已經捕捉到兩百公尺遠的敵人，甚至可以從輪廓得知是半獸人種。

很好，順便來測試另一個魔術吧。

「芙蕾雅，我想測試另一個魔術。能從這裡瞄準嗎？」

「當然。」

芙蕾雅信心滿滿地點頭。

取得她的同意後，我停下馳龍的腳步。既然要使用狙擊自然需要穩定的立足點。

芙蕾雅將右手筆直伸了出去。

芙蕾雅擁有【攻擊魔法（全）】的技能。

這是能使用全屬性魔術的一種極其罕見的技能。一般來說，只會習得像【攻擊魔法（炎）】這種只能使用單一屬性的技能。

假如是優秀的魔術士就有可能擁有【攻擊魔法（炎雷）】兩種屬性的技能，然而就我所知，全屬性魔術士就只有芙蕾雅一人。

能使用全屬性的優勢有兩點。

第一，就是能因應狀況使用最適合的魔術。

比方說，攻擊力最強的是火焰魔術。以平均魔力消耗量的攻擊力來說在全屬性中具有最強水準。

當然也有缺點。在森林中使用的話會有讓周圍也燃燒起來的風險。在洞窟內使用的話就會導致缺氧或是一氧化碳中毒引來自我毀滅。其他還有在對付具有火抗性的魔物時派不上用場。

然而，以芙蕾雅的身手，可以做到在森林中切換成冰屬性。

「冰之槍啊……」

芙蕾雅的魔術製出冰槍槍頭，凝結在半空中。

銳利的槍尖上溢出了陣陣寒氣。

如果是冰屬性，就算是在森林也能無視周遭狀況使用。

然而，冰屬性也有弱點。冰屬性的魔術是冷卻之力，以及製成冰塊的魔術。

簡單來說，在凝結完成後並不具有射出冰槍的能力。得用無屬性的魔術將冰槍彈飛出去。

至於無屬性魔術的效率則是奇差無比。如果扔出魔力塊的行為具有十足威力，那任誰都不會使用屬性魔術。

會花費工夫變換成各屬性的力量，正是因為這麼做才是最佳選擇。

如果是炎屬性的話，由於火焰沒有質量，儘管推動的力量再小都能彈飛出去，只要命中了目標，光憑其中蘊含的熱量就能發揮攻擊力。

然而，冰具有質量，必須依靠巨大的力量才能使其飛出去。僅僅用魔力塊推出去根本飛不了多遠。和火焰不同，要讓冰塊具備攻擊力與殺傷力必須要有一定水準的速度。因此冰屬性的性價比很低是魔術士之間的共識。

「風之子彈啊……」

可是，如果是全屬性魔術士就能解決那個問題。這正是另一個優點。

因為她能同時使用兩種屬性的魔術。只要倚仗其他屬性的魔術，作為把冰之槍推出去的力量即可。將使用風之子彈和扔出無屬性的魔力塊這兩種情況兩相對照，就會發現前者可以擊出數倍的威力與速度。

「混合吧！【冰槍風彈】！」

芙蕾雅的魔術完成了。冰之槍以超越音速的速度轟出。

我將魔力集中在眼睛強化視力。

凝神注視芙蕾雅的魔術飛過去的位置，那裡有兩隻綠色的巨漢。他們身高不僅超過兩公尺，全身更是由肌肉所組成。就算是一流的戰士要與之正面交鋒也很難取勝。鐵劍無法貫穿那厚重的肉壁，半獸人的一擊更是具有必殺的威力。

然而本應是強敵的半獸人，頭顱卻被直接轟飛。當場死亡。

那是因為猶如拳頭大小的槍頭以超音速飛了過去。破壞力自然深不可測。

而最為可怕的，就是如此的破壞力還能用高精度準確狙擊。

提升狙擊精度的理由之一是【熱源探查】。要用目測掌握距離感非常困難。因為地形和障礙物很容易造成施術者誤判與對手的距離。然而，【熱源探查】是一種魔術之眼，會將情報直接灌輸至大腦，根本不存在產生錯覺的可能性。

另一隻半獸人的頭顱也被轟飛了。

我不禁嚥了一口口水。

「芙蕾雅的魔術還真是驚人。」

「這都多虧凱亞爾葛大人教我！我以前從來沒想過要把兩種屬性的魔術組合並用呢。」

「一般來說，這可不是光是教教就能輕易學會的。」

芙列雅公主。儘管她的人格比垃圾還不如，但身為魔術士的才能卻是超級一流。

正因為知道這點，我才會讓她嘗試複合魔術。不過只教了幾個小時就能融會貫通，還是超乎我的預期。

「是凱亞爾葛大人教導有方。不僅告訴我這個想法還幫忙指點訣竅，如果這樣還辦不到，就不配當凱亞爾葛大人的隨從了。」

儘管講的話很謙恭，但還是害羞地用鼻子哼了一聲。

我撫摸芙蕾雅的頭。她滿臉通紅地把身體靠在我身上。如今變為芙蕾雅的她實在是坦率又惹人憐愛。

如果是為了我，想必她會甘願送死吧。要是真有個萬一，我也打算把她榨乾當作破抹布扔掉，所以正合我意。

姑且還是得先叮嚀她才行。

「不要將複合魔術一事告訴別人。這和【熱源探查】相同，都是我發明的祕術。」

檯面上看來，還沒有任何魔術士能使用複合魔術。

組合兩種屬性魔術的這種構想應該任誰都能想得到，之所以沒有傳開，是因為其他人都認為這不可能辦到罷了。

況且基本上，能使用兩種屬性的魔術士就算放眼整個王國也只有十幾人。

然後，具有充足的腦容量，能同時展開兩種屬性魔術的人，也不過是那之中的極少數人。

再來，這招需要一定程度的訣竅，會想把它練起來的人又更少了，就算學會了，也幾乎都會把這招當作祕術隱瞞起來。我偶然【模仿】到的魔術士也把它當作殺手鐧藏招。

「明白了。和凱亞爾葛大人之間的祕密，我會直接帶進墳墓！」

「麻煩妳了。即使妳在別人面前使用這招應該也不會被察覺，但要是告訴其他人，再怎麼說還是會傳開。」

複合魔術具有無窮的可能性。

像這次組合冰與風屬性的魔術去狙擊敵人，也可以把火與風組合起來，形成以大範圍的高熱將一切燃燒殆盡的火焰風暴，或是用火焰爆炸將冰之霰彈擴散出去造成廣範圍的殺傷力，應用起來可說是千變萬化。

「好了，我們繼續吧。只要邊騎著馳龍邊使用我的【熱源探查】，馬上就能找到下一個目標了。」

「也對。就這麼辦吧。」

正如芙蕾雅所說，在騎著馳龍高速移動的同時使用【熱源探查】，就能展開高達數百公尺的廣範圍捕捉網尋找敵人。

而且，一旦找到敵人甚至不需要接近，用狙擊就能一發解決。

這是超高效又極為安全的狩獵方式。

一旦開始狩獵，實際上真的就像這樣。在第一輪的世界從來沒有體驗過如此高效率又一面倒的狩獵經驗。

實驗之後得知，芙蕾雅的最大探索距離是三百五十公尺。【冰槍風彈】的精密射程距離是三百公尺。

再補充說明的話，將全方位展開的【熱源探查】鎖定在單一方向，就可以檢測到五百公尺遠的位置，如果只需要三發裡擊中一發的精度，【冰槍風彈】也同樣能瞄準到五百公尺遠的位置。順帶一提，芙蕾雅一秒就能射出一發【冰槍風彈】，加上她具有得天獨厚的魔力量，就算射出數百發也依舊面不改色。

在持續狩獵的同時，我為此捏了一把冷汗。

一個小時左右的狩獵居然已經打倒了三十隻魔物。

說不定教導芙蕾雅【熱源探查】這最棒的眼睛，以及長距離精密射擊的【冰槍風彈】是錯誤的決定。

因為實在太強了。根本無法應對。

能比任何人都從更遠的地點發現敵人，在最遠的距離用壓倒性的攻擊力打倒敵人。

根本不存在比這還要強的戰法。根據使用方法，芙蕾雅一個人就能單挑一支軍隊。暗殺重要人物也是易如反掌。

這樣要阻止這次的處刑也是輕而易舉。只要從三百公尺遠的位置掃射【冰槍風彈】，就能單方面血祭敵人。

與此同時，如果她因為某種契機而取回記憶與我為敵，就連我都沒有防範這招的手段。

……得比以前更加小心才行。

「芙蕾雅，改變一下狩獵方法吧，這樣剎那沒辦法訓練。不能光是提升等級，我也想讓剎那累積實戰經驗。」

「說得也是呢。剎那，對不起。沒有妳的出場機會。畢竟只要使用我的【熱源探查】，剎那引以為傲的耳朵和鼻子也無用武之地，用我的【冰槍風彈】甚至就連接近魔物都不需要。對不起喔，搶走妳大顯身手的機會。」

「……芙蕾雅說的話是事實。可是語氣讓人不悅，剎那對自己無法反駁感到不甘心。」

剎那一臉無趣地說道。

看來是深深傷了她的自尊心。剎那是戰士。她理解芙蕾雅剛才施展的魔術是有多麼犯規且不講理，可謂是單方面的虐殺。正因為這樣，她原本以「比任何人都還能幫上我」自居，如今正在動搖。

先幫她講話吧。

「妳們倆聽好了，芙蕾雅其實也有弱點喔。」

「告訴剎那吧，凱亞爾葛大人。芙蕾雅有什麼弱點，剎那完全想不到。要是正面交手，甚至連接近都辦不到就會被殺了。」

「我也想知道。自己現在陶醉在新力量中，以為天下無敵了。」

剎那和芙蕾雅用認真的眼神注視著我。

「有兩點，第一點呢，就是當身處難以定位射線的市區，遭到數名敵人從不同方向襲擊過來，屆時就沒辦法完全應對。不過這倒算不上致命的威脅。」

我說這很危險但不到致命的原因，是因為就算敵人近在咫尺，依舊可以在最後關頭以自己為中心，施放火焰風暴那種廣範圍的高威力魔術來應對。

「這樣確實很危險呢。即使能觀測到全方位，一次能處理的敵人還是有限的。照凱亞爾葛大人的說法，另外一種情況更糟糕嘍？」

「是啊，也是有那種就算接近到極近距離也渾然無法察覺的敵人。要是對方喬裝成一般人接近，芙蕾雅就算探知到動向也不會阻止他們靠近。如果有像剎那這種劍術本領，在敵人拔出武器之後也能想辦法應付，但芙蕾雅無法做到這點。畢竟看得見和應付得來是兩回事。」

魔術士的天敵始終都是暗殺者。

還沒意識到對方是敵人，他們就已侵入懷中。

「所以說，要從那幫傢伙手中保護芙蕾雅就是剎那的工作了。剎那得保護具有最強之眼的砲台芙蕾雅，妳們倆都同樣重要。芙蕾雅得把自己的性命託付給剎那，所以別輕視她。然後，剎那也要承認芙蕾雅的力量。芙蕾雅是個優秀的魔術士。」

兩個人點了點頭，互相看了對方的臉。

儘管彼此有競爭意識，但本性都很老實。

只要好好解釋，就會願意理解對方。

「再以剎那為主狩獵個兩三隻就回去吧。回程記得要回收魔物的素材還有肉。」

魔物的某些部位能賣出好價錢。而且具有鍊金術士能力的我，還能從中提煉出藥物及毒素的材料。用魔物素材製成的毒素毒性很強又難以解毒。還能製作一般的素材無法製作的毒素。

這次打倒的其中一頭魔物「月熊」，只要巧妙地加工牠的爪子中含有的毒素，甚至還能製作出狂戰士的祕藥，有些素材還是媚藥的原料。

何況吃肉就能有效提升天賦值。

「嗯。知道了。這次輪到剎那表現。」

剎那纏繞冰爪，進入冰狼族的戰鬥模式。看樣子她躍躍欲試。

然後，還有一件事情得先講清楚才行。

「芙蕾雅、剎那。妳們有勇氣吃下半獸人嗎？」

每當打倒一頭魔物，我都會確認這是否為適合素材。假如不是適合素材，就算吃下也無法增加天賦值。

……半獸人也調查過了，很遺憾的，這是適合食材。

「……如果是凱亞爾葛大人的命令，剎那會加油的。」

剎那用非常厭惡的表情說道。

我懂，接近人類的魔物在生理上當然會有更強烈的排斥感。

「我沒辦法。半獸人我絕對不行，那可是半獸人耶！」

芙蕾雅則是鐵青著一張臉，使勁地搖頭。

可以理解她的感受。

「是嗎，既然芙蕾雅那麼說就算了吧。」

當我丟下這句，剎那也使勁地點頭。

雖說為了變強得不擇手段，但還是有限度。

就這樣，我們結束了狩獵，帶著滿滿的土產回到了鎮上。

離執行作戰已經剩沒多少時間。

不過，在今天的狩獵中，除了提升等級之外還得到了許多收穫。

好啦，【癒】之勇者本身的戰鬥力沒什麼大不了。甚至還有圓形競技場的陷阱，是份安全又輕鬆的工作。

該來讓抱有這種幻想的傢伙見識一下何謂地獄了。

第十九話　回復術士執行正義

總算，來到了處刑當天。

時間剛過正午，我已經潛入預定行刑的圓形競技場，混在觀眾之中。

目前和芙蕾雅、剎那採個別行動。

我交給芙蕾雅一份重要的工作，並讓剎那擔任她的護衛陪在旁邊。

剎那的等級已經升到了二十八級。

儘管和我與芙蕾雅相較之下依舊很低，但與常人相比已經是很高的級別，也具有戰鬥的直覺。況且她的天賦值壓倒性地高。

就算與上級騎士交手，應該也能占到優勢吧。

【劍聖】克蕾赫曾提出協助的建議，但被我鄭重拒絕了。

儘管有拜託她提供情報，但我並不會把她視為戰力。

其中有幾個理由。

首先，這次的作戰靠我一個人就足夠了。

只要沒有像【劍聖】克蕾赫或是勇者那種特級戰力出現，就算聚集再多烏合之眾我也有辦法應付。

事前抓了幾個負責這次作戰的士兵使用【恢復】，確認過並不會有那樣的存在現身。

另外一點，就是讓克蕾赫繼續待在王國對我來說比較方便。

我把克蕾赫定位在間諜的角色。有很多情報只能從內部得手。

要論理想的狀況，就算【劍聖】克蕾赫要真正與我們共同行動，至少也要在那之前收拾掉芙列雅的妹妹。

那女人的防衛心很重。是個極度不相信人類的完美主義者。不太可能會露出破綻。除非從內部殺了那玩意兒，否則根本是天方夜譚。

比起國王，那玩意兒還更難搞定。

會一直到現在還對萬惡根源的國王置之不理，原因就是一旦殺了國王，那個公主妹妹就會比之前更自由地行動。不能把國王的權限交給那玩意兒。

如果她在這邊的世界對我出手，我馬上就會豁出全力去殺了她……不過現在也只能暫時放任她不管。

「開始緊張起來啊。」

不小心自言自語了起來。

這次是救人。當作戰目的不是殲滅而是營救，會使得難度一口氣飆高。畢竟營救在各種層面上都比殲滅還要來得困難。

首先，得一邊守護村民一邊戰鬥。
再來，是帶著他們逃走的風險。
最後，是必須保證他們逃走後的生活才行。
這次要被處刑的人將近有四十個人……反過來說的話，是只剩下四十個人而已，其他所有人都已經遭到殺害。
我準備了不少手段。
只要有錢的話基本上大部分的事情都能搞定，只要抓到掌權者的把柄，也有辦法做到許多強人所難的事。
這次是把和我合夥治療怪病的商人當作棋子來使用。
就如同我所想的，儘管那傢伙從我這得到了配方，也無法重現怪病的恢復藥，再加上怪病本身已經平息，導致他幾乎身敗名裂。在他差點被利用自己的幕後黑手處理掉時，我特地用「有爭議的方法」救了他一命，同時也抓到把柄，讓他協助這件事。
我讓他幫忙保障村民逃走之後的生活。
「算了，雖說我做好對策了，但肯定是白費功夫吧。」
我如此確信。
就在我思考事情這段期間，也隨著人潮走到包圍著擂台的觀眾席。
人很多。觀眾席座無虛席。

養育了殺害公主之人的邪教村莊，今天要對該村的村民處刑。以觀賞表演來說的確不壞。可以理解受歡迎的理由。

村民們被帶到了擂台。

接著一個一個被綁在柱子上。村民們連抵抗的力氣也沒有，眼神毫無生氣。

其中還有女人和小孩。

觀眾席上不斷發出「殺了他們、殺了他們」的口號。

這讓我重新感受到，人類是多麼殘虐的生物。

實在太醜陋了。

把所有人都綁在柱子上後，騎士們整隊排成一列，其中穿著最為華麗的中年男子站上了略高一層的舞台。恐怕他就是這次作戰的負責人吧。很有可能就是接任被我殺掉的雷納德。

擂台上發出了「鏗」一聲刺耳的聲音。

這是擴音魔法特有的現象。擂台上準備了使用擴音魔術的設備，朝向專用的寶石說話，擴大的聲音就會響徹整個觀眾席。

「接下來，要對居住在邪教村落的背德者處以極刑。這個村子違背神明的教誨信奉著惡魔的誘惑，而且那扭曲的教義甚至還誘使勇者墮入邪道，招致聖女芙列雅大人的悲劇之死。」

中年男子的聲音透過魔術擴音出去，響遍了整個觀眾席。

觀眾席上傳來了啜泣的聲音。

證明芙列雅公主以聖女身分深受眾人愛戴。

「為了不讓悲劇重演，現在就要當場處決所有的元凶。」

士兵們站在被架在柱子上的村人周圍，架好長槍。

「……雖然我想這麼說，但如今邪教的惡魔，還寄宿在【癒】之勇者凱亞爾的體內。一切的惡意都被凝縮在他一人身上。【癒】之勇者凱亞爾啊。如果你有聽到我的聲音，是否願意報上姓名自己站出來呢？只要承受了所有惡意的你一死，惡魔就會回到地獄，使村民們得到解放。來吧，如果你尚存身為人類之心，就過來這裡吧。死亡也同時是拯救你自己啊！」

我都要笑出來了。

這藉口也太牽強了吧。

他們肯定是想把我引出來，然而為了引我現身就需要以村民的性命作為誘餌。

可是，既然都已經對他們貼上染指邪教的標籤，為了留他們活口不執行處刑，就需要一個能讓人信服的理由。

所以，才會決定把一切過錯都推到我身上。

儘管如此，似乎還想把我的名譽作為誘餌。要是在這裡報上姓名，就證明我雖然遭到惡魔支配，但在最後的最後抵抗了惡魔，以人的身分死去，這樣姑且守住了名譽。

真是有趣的想法。

可是還真笨。難道他們真以為這種誘餌能引我現身嗎？

話雖如此，要是現在不出面，村民就會遭到殺害。雖然不太甘願但不現身也不行。

混入觀眾席的我挺起身子，穿梭在觀眾席之間後跳了出去，在擂台上著地。在村民們即將被處刑的前一刻，躍上士兵與騎士們等候的死之舞台。

周圍的視線集中在我身上。

此時我脫掉身上的長袍。

觀眾席上一片鴉雀無聲。

我現在的模樣是【癒】之勇者凱亞爾。

想必沒有比這更適合的模樣了。

中年男子，也就是那名在場騎士與士兵們的領導者笑了出來。那是嘲笑。

「來了是嗎——————！殺害公主的大罪人，被惡魔誘惑墮入邪道的勇者。【癒】之勇者凱亞爾——————！」

觀眾席開始鼓譟起來。

所有觀眾高呼「殺了他」的口號，狂氣與熱氣席捲了周圍。

嗯，做到這種地步反而讓人開心。

全身沐浴在殺意與敵意之中。不行啊，都快勃起了。

「好啦啊啊啊啊！把頭交出來，只要你一死村民就會得救。來吧，用最後的良心壓抑惡魔。我們是很慈悲的，會讓你以人類的身分入土為安，安心吧——————！」

很慈悲嗎？

的確是這樣。

畢竟你們只是要殺了我。

我可是殺害公主，殘殺無數士兵的大罪人。居然那麼乾脆就殺掉我，實在是溫柔到我都要流眼淚啦。一般而言，起碼會折磨我到自己祈求一死吧。

我用【翡翠眼】確認敵我的戰力差距。

士兵與騎士合計起來，敵方的數量總共四十三。沒有特級戰力。

「也太小看了我吧？」

搞什麼？就這點數量？這什麼水準？

難道他們以為這種程度就殺得了我？真令人不愉快。

士兵們殺了過來。

一次有六個人衝上來。是打算壓住我吧。連劍都沒拿起來。

這讓我更不愉快了。

「根本沒打算認真抓住我吧？如果你們認真起來只有這種程度，根本是在侮辱我。」

我簡短地這樣告知，閃過了所有襲擊者的手。

不只是閃過而已，還敲了所有人的背。

士兵們一臉茫然地轉過頭來。

「【改惡】。」

我說出那個必殺的魔術名稱。

士兵們一個一個崩毀。

要殺人不需要宛如地獄之火的爆炸，也不需要劈開大地的剛劍。

只要堵住從心臟流出血液的出口就好。

僅僅這個動作人就會死。我的【改惡】能辦到這點。

用手碰到就行了。只要有從【劍聖】複製來的【看破】和可以獲得極限集中力的【明鏡止水】這兩項技能，就可以辦到這種技巧。

「你這傢伙啊啊啊啊啊啊！還想罪上加罪嗎！」

現場的指揮中年男子大聲喊叫。

「罪？你在說什麼？所謂的罪就是指壞事吧。我可是在做正確的事啊。來營救可憐村民的我才是正義。換句話說，這是在執行正義喔。邪惡的是你們才對。」

或許是這番話讓他們感到相當不快吧，眼前這群騎士與士兵的殺意一口氣膨脹了起來。

人類會最感到憤怒的，就是在被戳中痛處的時候。

他們一定有意識到自己是邪惡的一方吧。

那麼，身為正義伙伴的我，就有盡快驅逐壞傢伙的義務。

「【癒】之勇者凱亞爾！不准動。再動的話你應該知道這些村民會有什麼下場吧！」

聚在村民周圍的士兵拿槍抵著他們。

我露出微笑，對最靠近的士兵使用【改惡】。

士兵的身體一口氣膨脹後炸裂開來。

一旦強行讓全身的細胞成長就會變成這樣。

由於死狀甚慘，除了我以外的人都臉色鐵青。

和堵塞一條心臟的血管相比，這種殺人方法更為消耗魔力。

但這是恐嚇。我必須要盡可能地虐殺他們。所以不是浪費，而是必要開銷。

「告訴我，會怎樣啊？」

「殺了他們——先殺五個人——！」

中年男子一聲令下，死了四名村民。

那幫傢伙原本打算殺五個人，不過我救了一人。我從士兵的屍體回收了一把劍後丟了出去，劍直接刺穿脖子，殺死了打算處刑的士兵。

「哈哈哈哈哈，你害四個人死掉啦。這都是你的錯！」

「我的錯？你到底在說什麼啊？」

不懂他的意思。為什麼會是我的錯？

「就是因為你不乖乖服從，才害得村民死掉啊！」

「根本無關。是你們殺的，所以是你們的錯啊。最喜歡的人們遭到殺害，我可是被害者

耶。真過分啊。我都這麼難過了居然還強詞奪理。倒不如說我還救了一人。哎呀，果然我才是正義啊。畢竟你們殺了四個人，而我救了一個人嘛。」

真是的，居然想把罪名推到別人身上，真是最差勁的人渣。

雖然我也很可憐，但更可憐的是被殺害的村民。

為了要讓他們安眠，得殺了那些傢伙報仇雪恨才行。

馬上先殺幾個人來供養他們吧。

「慢著，給我慢著——你還不懂嗎？要是你抵抗的話，你越是抵抗，村民就……」

「不要緊啦。就算被殺了，我也會好好幫他們報仇。」

我最喜歡復仇了。無論是為了村民還是為了自己，都會把該做的事情好好完成。

如果被殺了，我會好好幫你們報仇。

陷入狂亂的士兵又殺了三名村民。

這些傢伙沒有身為人的良心嗎？

得立刻殺了他們才行。這樣一來得救的村民人數也會增加。還能讓死掉的村民瞑目，可謂一石二鳥。

「這傢伙……根本壞掉了！不正常啊，到底是怎麼搞的！」

說得好像我不正常一樣。這傢伙不僅過分還非常失禮。這下他非死不可啦。

我往前飛奔而去。目標是疑似指揮官的中年男子。

有名拿著劍的男子為了攔住我而阻擋在前面。

一個、兩個、三個。

這次不是士兵，而是三名騎士因我的【改惡】命喪黃泉。

幸好我有事先把天賦值配點在ＭＰ上。

我為了隱瞞自己會使用劍技，只用【改惡】和體術在戰鬥，不過這樣確實吃力。

因為太麻煩了，都開始想用劍了。

「結界啊啊啊啊啊啊！快用結界────！」

中年男子大聲喊叫。

哎啊～～搞砸了呢。

唯獨那個命令是萬萬不可啊。

好啦，我改造的結界……應該說血界即將發動。

原本那是守護他們的撒手鐗。

然而，那已經整個扭曲變形了。

血界將會引發一場慘劇吧。

好啦，你們就盡情地享受我所演出的舞台吧。

第二十話 回復術士的舞台令人憤慨

設置在擂台上的兩種結界發動了。

首先，是第一結界起了作用。展開了包圍擂台的圓球形防禦結界。

這樣就再也沒有人能逃離這裡。

這是棘手的結界，強度高到讓人難以置信，就連我都無法破壞。

然後，還有另一種結界。

要是沒佩戴鑲有特殊寶石的首飾，就會被吸走魔力和體力。而被吸收的魔力會反過來強化結界本體，讓人逐漸變得難以動彈，最後就會被吸乾魔力倒下。

如果我一無所知就受到這結界的影響，想必會當場跪倒在地被凌遲至死吧。

這意味著這裡的結界就是如此惡劣。

不過，可惜的是我知道這件事。

不僅知道，我還對此做出了對策。

「嗚嘎啊啊啊啊啊啊啊啊啊啊啊啊！」

「啊啊啊啊啊啊啊啊啊啊啊啊啊啊啊啊！」

「住手啊啊啊啊啊啊啊，住手啊啊啊啊啊啊啊啊啊！」

士兵與騎士雙腳屈膝，痛苦地抱著頭滿地打滾。

鼻子和嘴巴血流如注，全身浸在自己的血海之中。

最後，變成了一具又一具的屍體。

「啊哈哈哈哈哈，好啦，染成血紅，難看地跳舞吧。那就是最符合你們的末路啦！」

雖然等級高的人活了下來，不過也只是時間的問題。

至於我當然沒有影響。

身在這結界中的人，只有我和村民們毫髮無傷。

「所有人啊啊啊啊，把首飾……把首飾扔掉啊啊啊啊！」

指揮官的中年男子大聲叫喊。

哦，發現得意外地快啊。

聰明，真聰明。我原本還以為會再花一點時間。

還有意識的人把首飾取下扔了出去。

但是大部分的人連這麼做的氣力都沒了。

結果，士兵全滅。只有等級高的八名騎士活了下來。

「原本還以為會直接全滅呢。看來你腦子比想像中還好。」

這個王國的騎士似乎比我想像中還要優秀。

「你這混蛋……到底做了什麼？」
「我什麼都沒做啊。不就是結界壞了而已嗎？」
「別胡說八道了！」
我沒有親切到要回答他的問題，只用冷笑以對。
就如同這傢伙所說，我對結界動了手腳。
首先，對象原本是「除了戴著首飾的人以外」，我變更為「戴著首飾的人」。
然後，所謂的吸收魔力，會在一開始的階段強行排出魔力。
我對此稍微動了點手腳，讓這個動作會帶給腦部強烈的過載。
這樣一來會導致微血管破裂，七孔流血，倒臥在自己噴出的血海之中，改造成堪稱為血界的傑作。
儘管無法在堪稱歐帕茲的魔力吸收機能上動手腳，但如果只是要變更對象，調整吸出魔力的強度的話，我也可以辦到。
然後，結果就像這樣。四十人以上的士兵與騎士死到僅剩八個人了。
真是一場有趣的餘興節目。
「墮入邪道的勇者！居然敢使用詭異的術式！不過，看樣子把你關起來的結界倒是順利發動了。我要把你凌遲致死！」
眼前的男人露出一臉賊笑。

那是確信能夠勝利的表情。

我真搞不懂這傢伙。剛才為止還有點對他改觀，看來似乎是我誤會了。

他該不會只因為自己沒被結界所殺，就認為占了上風吧？

「你在說什麼啊？真令我驚訝，居然會有和猛獸關在同一個籠子還會高興的傢伙。以為僅僅八個人就能拿我怎麼樣嗎？無法逃跑這點你們不是也一樣？現在連援軍也沒辦法進來。我問你，這有什麼好開心的？」

騎士們臉上的表情僵住了。

看樣子他們總算注意到，到底哪邊才是獵物了。

「別……別過來！我會殺掉村民喔，要是敢稍微動一下……」

「那麼，為了盡可能減少犧牲者，我只好採取最合適的行動了。越快把你們殺掉，就能救出越多人。我事先宣告一下吧，我會從背對我的人開始殺起。因為那樣比較輕鬆。來，讓我看看你們的破綻啊，馬上殺了你們。」

好，這樣就能做出萬全的動作了。

就像在秀給他們看一樣踏著步伐，做屈伸動作舒展筋骨。

「好啦，我已經動嘍。你們就狠心下手吧。誰要第一個被我殺掉？只要你們為了殺死村民而背對我，到時就是你們的死期了。好啦，誰想先死！」

哎呀？怎麼不動啊？

要殺害村民居然只是虛張聲勢嗎？害我白操心了。

不，等等。

「是嗎，你們打從一開始就打算把所有人都殺了是嗎？」

村民都已經死了。

臉已經整個變色。

這是遲效性的毒素。

「你……你在說什麼？他們還沒……」

「已經死了啊。是你們殺的。這樣我就能心無旁鶩地下手了。姑且我也有自己的一套標準，就是要盡量減少犧牲者。但是已經不需要再顧慮了。我要把你們全殺了。」

「怎……怎麼會！我們什麼都不知道，什麼都沒做！是真的，相信我啊啊啊！」

打從一開始我就沒有要拯救所有人的那種天真想法。

一開始我就做好覺悟了。儘管竭盡全力，能拯救十個人就已經很了不起了。

在拯救人質時最為重要的，就是讓敵人認為人質沒有價值。

就是為此我才故作瘋癲。以結果來說，這樣做反而能拯救更多的人。

實際上，他們也深信我連一丁點也沒有考慮過村民的性命，到最後甚至沒想到要拿來當擋箭牌。

明明還差一點就能救出幾個人了。

可是我太天真了。沒想到居然會打了這樣的預防針，這肯定是公主妹妹在背後動的手腳。這就是那個女人的做法。

事前就讓他們喝下毒藥，就算有個萬一讓我成功救出村民，也能營造出他們死亡的狀況。在確信救到人的下一瞬間就把我打落絕望的深淵。這是以這樣的意圖設計的最惡劣陷阱。很像那傢伙會幹的事。

呼，虧我都準備好許多救了人之後的配套措施，這樣也徒勞無功了。我現在非常生氣。

雖然想立刻把眼前的騎士們殺得片甲不留，但得先達成我的目的。

芙蕾雅她們差不多也該行動了。

哦，來了。

「我……我是所屬芙列雅公主禁衛騎士隊的……副隊長巴可。我……我要坦白事實。所謂邪教……是謊言。根本就是騙人。那個村子的人都是無辜的。」

有名男人的聲音用擴音魔術傳開。

看來芙蕾雅她們似乎準備就緒了。

原本，擴音魔術必須在擂台上用專用的寶石才能發揮功效。

不過，我也一起改變了那邊的術式，只要在圓形競技場內的某個場所使用我偷出的備用寶石，就能把聲音擴散出去，所以我讓芙蕾雅她們在那裡待命，還準備了另一名演員。

「巴可？他為什麼……」

指揮官的中年男子慌亂的聲音也用擴音魔術傳開來了。

也難怪他會驚慌失措。畢竟原本以為行蹤不行死去的副隊長巴可居然背叛了。

我使用【恢復】，讀取了各式各樣的騎士與士兵的記憶，挑選出最為正常的傢伙，再讓芙蕾雅……不，芙列雅公主去說服他，於是他現在就像這樣給予協助。

「我們明明身為守護王國的騎士，卻為了抓到人質，襲擊了無辜村民居住的村子。所謂邪教根本就只是藉口！那是騙人的。我們犯下了無可挽回的滔天大罪。還不只是這個村子，凡是看到態度反抗的村子，就說要趁這個機會殺了好幾人，好幾十人。我們怎麼會做出這種事！」

聽到這突然曝光的祕密，觀眾席開始鼓譟起來。

「住口，住口，巴可！你瘋了嗎？閉嘴！」

「塔列特亞隊長。我不會閉嘴。唯有對這個人，唯有對這個人我不能撒謊。賭上我身為騎士的驕傲！」

就算透過擴音魔術，也能傳達出他那堅定的意志。

「是誰？誰在那裡？」

中年男子，應該說塔列特亞用驚恐的聲音問道。

嗯，真是不錯的演出。感謝你漂亮的助攻。

「是我。我是吉歐拉爾王國第一公主。【術】之勇者芙列雅・艾爾格蘭帝・吉歐拉爾。因為某些原因不能直接現身，但是請容我藉這個場合表達我的想法。」

時機真是完美。芙蕾雅。

周圍開始騷動起來。

當然啦，畢竟原本以為已經死掉的公主居然還活著嘛。

儘管還有許多人懷疑，但那聲音毫無疑問是芙列雅。像這種規模的城鎮想必有很多居民已經聽過好幾次她的聲音。

「我得知了真相。吉歐拉爾王國利用軍隊襲擊亞人的村莊，將他們作為奴隸販賣，像這樣的惡行已經上演了無數次。這次與魔族之間的戰爭，也是以營利為目的而設計。然後，一旦像這次一樣，出現了威脅到王國利益的村子，就會與教會勾結，將其貼上邪教的標籤展開滅村行動。」

騷動聲變得非常之大。

「打算從內部糾正這些錯誤的我，接觸到了王國的黑暗面，因而被暗殺者覬覦性命。【癒】之勇者凱亞爾為了保護我，所以才選擇讓我詐死帶我逃離城內。」

「是冒牌貨！芙列雅公主已經被這個男人殺了！」

塔列特亞用擴音魔術喊叫。

觀眾們則是半信半疑。也是，沒來由地相信這種莫名其妙的話反而不正常。

所以，我準備了兩個手段。

芙蕾雅開始放聲高歌。

被稱為聖女的芙蕾雅可以唱出從她那腐爛的個性根本無法想像的優美旋律。

彷彿心靈都受到了洗滌。

就算模樣與聲音可以偽裝，這歌聲是任誰都無法模仿的。

觀眾的心產生動搖。因為歌聲會比聲音更清楚地刻劃在內心深處。

更何況是聖女的歌聲。這絕對不可能聽錯。

再來，最後一擊。

「我的歌聲傳達給各位了嗎？我還有一樣禮物，請各位抬頭看看天空。」

所有人抬頭仰望天空。

讓人會誤以為是太陽的巨大火球升上天空，接著炸裂開來。一股驚人的熱量與聲音在空中爆開。

第六位階爆裂魔術【恆星】。

人類能達到的極限魔術是第五位階。存在於那之上的便是神域魔術。能使用這種招數的唯有【術】之勇者芙列雅一人。

「各位，請聽我說。我一直以來承蒙【癒】之勇者凱亞爾大人的照顧，才得以逃到現在。凱亞爾大人希望我當個普通的少女，過著幸福的生活。所以，我一直對王國的黑暗面視而不見，作為一名普通的少女活到現在……就是因為這樣，才會導致這次的悲劇發生。我已經不會再逃避了。我要與王國的黑暗面戰鬥！」

不愧是芙蕾雅，實在是完美的演技。

這種自我陶醉，還能使他人也心醉神迷的說服技巧，常人是不可能辦到的。

我隨便寫的三流劇本如果交給一流的演員演出，也會讓人信以為真。

「我一個人是贏不了的。所以，我相信各位每一個人心中的正義。不能夠再讓這樣的悲劇重演。這個王國是異常的。如果各位不奮起反抗，不知道何時會輪到自己被蠻不講理地消滅。請各位也一起挺身而戰。為了真正的和平，為了守護重要之人。我相信各位的勇氣與正義。」

擴音魔術結束。

經過一瞬間的寂靜後，觀眾們伴隨著怒吼站了起來。

這樣應該就行了吧。

防禦結界開始崩壞。

我事先就設定成在經過一定時間後會自動崩壞。

而且，在崩壞的同時還會啟動某種小機關。

「這是什麼？好刺眼。」

發出強烈的光芒。

原本的話，應該要利用這個空檔拯救村民才對，不過已經全都死了。

不，不對。我的眼睛發現了唯一一名倖存的少年。

我抱起了那唯一的倖存者進行【恢復】。如果清醒後大吵大鬧就麻煩了，所以我讓他昏迷過去。這樣得過幾個小時才會清醒。

接著，我用斗篷裹住少年，專心逃跑。在混入觀眾席的同時用【改良】改變模樣。

這樣一來他們就找不到我了。

當光芒消失後，觀眾們發現我已經不在現場，下一瞬間，他們就同時拿起石頭還有垃圾，朝著擂台上的騎士們砸了過去。

有為數眾多的觀眾認定了王國就是邪惡。當這股熱氣蔓延開來，讓一些原本還冷靜的人也開始大動肝火。

整個觀眾席都充滿著熊熊的怒火。

於是，他們開始動用私刑。

這次的事件，讓這麼多人察覺了王國的黑暗面。不僅是察覺，甚至還像這樣對騎士動用私刑，弄髒自己的雙手。

今後，將會有許多人為了芙列雅所提倡的正義，自發性地去影響更多人。

而這種現象不會只侷限在這個鎮上。

這樣一來，到時候就會有無數被隱瞞起來的醜聞曝露在光天化日之下。

吉歐拉爾王國一直以來都在暗地裡做著黑心勾當。只要稍微查一下，汙點立刻就會原形畢露。

看樣子事情會變得很有意思。

就讓我從演員變回觀眾，好好觀戰這次事件的始末吧。

只是唯一讓我掛心的，就是芙蕾雅她們是否有安全脫逃。

差不多該前往約好的地點了。

在表演結束前中途離場是有點遺憾，但回到家前都是讓人愉悅的一場好戲。

「不過話說起來，被擺了一道啊。算是兩敗俱傷收場。」

這次的目的的有兩個，第一是揭露王國的黑暗面，點燃導火線使其蔓延開來，再來就是盡可能地拯救村民。

前者以最棒的狀況實現了，但後者卻是徹底失敗。沒想到居然只救到一個人。

能救到這一個人也是偶然。【恢復】後我才知道。這名少年曾在旅行時被毒蟲咬傷，因此體內帶有些微的抗體，使毒素的流竄速度慢了些，所以【恢復】才能及時趕上。

像這樣被擺了一道實在令人不愉快。原本明明會成為最棒的復仇秀，居然留下了遺憾。

那個指揮官中年男子沒有靈光到能想到這一步。背後一定有人暗中策劃。居然敢阻礙我愉悅的復仇，這筆帳我總有一天勢必要討回來。

十之八九是那個公主妹妹，但在有確切證據前我還不會殺了她。

算了，反正近期內公主妹妹就會出現在我的面前吧。我就是為此才冒著風險公開芙列雅公主還活著的這個情報。

那個公主妹妹充滿了對姊姊的自卑感，儘管如此卻依舊愛著姊姊。

然而她卻無法承認這兩個事實，因此被逼到進退兩難的窘境，真是愚蠢的女人。

她只能輕視自己的姊姊並利用她，藉此逃離自卑感。

為了否定自己愛著姊姊的事實而傷害她。

像這樣知道芙列雅還活在人世，甚至還和吉歐拉爾王國宣戰，公主妹妹肯定會歡欣鼓舞，自己前來殺了她。這樣一來，就可以把她視為對我的所有物出手的愚蠢之徒完成復仇。

我一邊思考著這件事，同時離開了這染上狂氣的觀眾席。

聽得到觀眾發出來的怒吼。看來這場瘋狂的宴會暫時還不會落幕。

第二十一話 回復術士向拉納利塔說再見

稍微有點累了。

我離開觀眾們主辦的瘋狂祭典，朝著和剎那她們會合的地方走去。

不過話說起來，民眾還真驚人啊。

居然會只靠當下的氣勢，就不假思索地讓雙手沾滿鮮血。

我想，他們大概連自己是殺人凶手的自覺都沒有，就朝騎士們丟石頭和垃圾吧。

有點讓人做噁啊。算了，唆使的人是我，沒有資格對此說三道四。

剎那她們隱身在圓形競技場擺攤的餐飲店所用的，因太過老舊而沒有在使用的舊倉庫。

在那裡有剎那、芙蕾雅，以及這次幫忙的禁衛騎士隊副隊長巴可。

我走進舊倉庫，望向用捆包起來的食料作成的死角內側。

「妳們倆都沒事吧？」

「不要緊。沒有任何人來這裡。」

「是的，我們兩人都很有精神。」

剎那和芙蕾雅如此回答。

雖說不太可能會有人來舊倉庫，但我畢竟還是擔心會有個萬一。

考慮到擴音魔術的射程，實在也找不到比這裡還要更安全的地方了。

「凱亞爾葛大人，剎那照你的吩咐，把巴可收拾掉了。」

「幹得好，剎那。」

「嗯。」

剎那露出得意的笑容。

禁衛騎士隊的副隊長巴可這次是派上了用場，但我知道他也是在襲擊我村子時直接下手的人之一。

我怎麼可能留他活口。

不僅是感情上的問題，也因為那傢伙知道了剎那的長相。

要是萬一巴可被抓時抖出剎那的事，剎那與我們一夥的事情就會曝光，將會舉步維艱。

雖說到時候可以改變剎那的外表，甚至是乾脆捨棄她等等選擇，但畢竟我很中意她，況且她也是優秀的部下。

我不想做出那種事。所以採取了最確實的做法。

「凱亞爾葛大人，已經好好凍住了。冰狼族認真放出的冰不會在常溫下溶解。暫時不會被人發現。」

「處理得不錯。」

既然處於這種狀態，那直接把他裝箱扔在倉庫的角落就行了吧。

就如剎那所說，冰狼族放出的冰不會在常溫下溶解。結凍的話也不用擔心會散發臭味。

我撫摸剎那的頭後，她開心地瞇起眼睛。

「那我們走吧。直接離開這個城鎮。」

久留無益。

馬上就會有規模更大的軍隊被派遣到這個鎮上。

畢竟事情就是鬧得這麼大。

「要前往新的城鎮嗎？有點期待。」

「我們要從這裡一路往南方前進，以離開吉歐拉爾王國的管轄地區為目標。穿過國境後會抵達有趣的城鎮。我想在那收集魔族的情報。」

在這個國家中，我們現在所處的拉納利塔具有相當強烈的自治意識，但即使如此，也改變不了它所屬於吉歐拉爾王國的事實。

只要離開這個國家，吉歐拉爾王國就難以對我們出手。

因為派遣大規模軍隊前往他國的行為，就如同是在跟別國宣戰。

為了派遣軍隊還得採取正式的手續，這也得花上一定時間，行動自然會受到限制。

簡而言之，只要跨越國境，對方的行動就會變得相當遲鈍。

「是位於魔族領域的城鎮嗎？凱亞爾葛大人打算去魔族所在的地方嗎？」

「總有一天吧。雖然還沒決定時間，但有個人我想見上一面。」

我想見的人是魔王。

是有著一頭銀髮的美少女。她死前所說的話深深烙印在我腦海揮之不去。

「是嗎，這樣一來我也結束了。真不甘心啊。到頭來我還是沒能保護住。」

我想知道這句話的含意。她到底想保護什麼？

公主妹妹、【劍】之勇者還有【砲】之勇者尚未加害於我，就暫時先放著他們不管吧。想做的事情就按照能完成的順序依次解決。

因為這次的事件，王國肯定會派勇者來追殺我。那麼復仇的機會也不遠了。

「原來凱亞爾葛大人在魔族裡也有朋友呢。真厲害！」

「閒聊就到此為止吧。這個城鎮應該也會遭到封鎖，馬上離開吧。」

已經確定芙列雅公主和【癒】之勇者凱亞爾這兩人就在這個鎮上。

現在他們光是要平息騷動就已分身乏術，但之後馬上就會封鎖這個城鎮吧。

不會採取像以前那樣只是調查出入人類的濫吞做法，而是不讓任何人離開這個城鎮。我想至少會下達這種程度的指令。

「妳們都沒有東西忘了帶吧？」

「沒有！」

「嗯。剎那也沒問題。」

那就出發吧。

我們穿上事先藏在倉庫裡的旅行道具，從業者使用的行李搬入通道離開。

雖然有兩個人在看守，但我有條不紊地用塗了神經毒的毒針麻痺他們。

這是不會留下後遺症的非殺傷性麻痺毒。

我不喜歡無益的殺生。會慎選殺害的對象。

◇

比預想中更輕鬆地跑到外面了。

好像還沒有開始展開封鎖，暫時可以放心了。

可以連馳龍都一起好好帶出來，實在令人開心。因為對這傢伙也已經有深厚的感情了。

隨後我們就像以往那樣，讓剎那瘦小的身軀縮在我和馳龍的脖子之間，芙蕾雅則從背後抱住我。

稍微騎了一會兒後，就看到一名商人在事前說好的場所等候。

是因為背叛我而身敗名裂……然後還被我所救的商人。

「凱亞爾葛大人，往這邊！」

不愧是商人，心態轉換得很快。明明發生了那種事，依舊表現出服從的態度。

他以行商維持生計，擁有一台出色的馬車。

我把被斗篷包裹，唯一一名救出的少年交給他。

「這小孩交給你了。」

「我事前聽說估計會有十個人左右……」

「只有救到一個人。」

打從一開始我就不認為能救出所有人。即使如此，還是認為至少能救出十個人。

商人收下這名少年。我交出了幾枚金幣作為他當前的生活費。商人本想靠怪病特效藥賺錢，但慘遭滑鐵盧，導致他無法繼續待在這個鎮上。

他將走上第二次人生。

將來的人生如何，就端看他如何抉擇了。

「你真是不可思議的人。乍看之下毫不留情卻如此天真。像這樣讓曾經背叛你的我活了下來，還救我一命，而且還為了這個少年使用借給我的人情，甚至還不惜支付金幣。」

商人對我投以笑容，我露出苦笑。

我太天真了嗎……不對。

「我的故鄉是因為我才毀滅。所以，盡全力去解救他們是我的義務。僅此而已。之所以會救你，也是認為可以為了這點利用你。」

我認為他正好適合作為解救村民的部下。

「或許你沒有發現，其實那就是所謂的好人。那我們要走了。不過這樣好嗎？對這男孩就這樣不告而別。」

「嗯，沒關係。我也沒臉見他……對了，拜託你一件事。當這孩子清醒後，一定會認為是我害村子被襲擊，而因此憎恨我吧。而且還會責備我無能，居然只能救到他一個人。」

任誰都會這麼做。儘管這次的事情是吉歐拉爾王國的陰謀，但與其去憎恨模糊的國家整體，不如單純憎恨我個人還來得簡單明瞭。

「到時訂正他的觀念就好了是嗎？」

「不，不對。幫我放著他不管就好。要讓失去一切的那孩子從悲痛中重新站起，需要某個契機。無論那是恨意還是憤怒都可以。」

「說不定，有一天這孩子會來取你性命喔。」

「那樣也沒關係。那也是出色的生存目標。我很清楚復仇心有多麼強大。想必可以把悲傷、寂寞以及想一死了之的懦弱心情吹得煙消雲散吧。我也是這樣走過來的。」

我們的話題到此結束。

商人隨後便駕著馬車離去。

前往的方向和我們的目的地正好相反。想必今後不會再見到我所拯救的少年，還有那名商人了吧。

這樣就好了……

「剎那、芙蕾雅，抱歉啊，花了點時間。好，我們走吧。」

「嗯。凱亞爾葛大人是裝成好人的壞人，但果然是好人。」

「剎那，凱亞爾葛大人只是害羞，但骨子裡是個溫柔的人，這點我很清楚。」

「不是那樣。只是一時心血來潮罷了。要是調侃我，到時我可是會在床上反擊喔。」

芙蕾雅小聲地對剎那說：「妳看，果然在害羞。」我可是聽得一清二楚。到時要好好在床上教訓她。

我駕著馳龍奔馳。

已經把自己能做的事情都做完了。我不後悔。

◇

騎著馳龍移動了一段時間後，剎那開口提問：

「凱亞爾葛大人，越過國境後的城鎮有什麼？」

「我們的目的地是布拉尼可。算是魔族與人類共同的唯一城鎮吧。在那裡的話，就能直接和魔族打聽情報。」

「……不會危險嗎？魔族很可怕。」

剎那的語氣有些生硬。

「雖然很容易被誤解，但魔族其實沒有那麼可怕。剎那能說出魔物和動物的分別嗎？」

「具有魔力的動物就是魔物。和普通的動物不同，喜歡吃帶有魔力的飼料，所以經常會襲擊人類。」

「正確答案。」

所謂魔物，也不過就是帶有魔力的動物。

只是會因為魔力導致體質產生變化。多半會因為生存本能而變得更加強健。

然後，共通的性質都是藉由吃下魔力而變得更強。

人類或多或少都具有魔力。換句話說，對魔物而言人類是最棒的飼料。所以才會優先襲擊人類。

「那下一個問題。魔族和人類有何不同？比方說，以人類的觀點來看，剎那你們冰狼族和魔族並沒有太大差別對吧？你們有著野獸和人類混在一起的外觀。無論是妖精還是矮人族，對人類來說都可以用亞人來一概而論，但是妳覺得把人類以外的人種分為魔族與亞人的理由會是什麼？」

具有野狼卓越的聽覺與嗅覺，還能使用冰屬性魔術，擁有壓倒性體能的冰狼族。

以人類的角度來看就算認為是魔族也不足為奇。然而，實際上卻是將他們歸類到亞人或是獸人這個領域。

「……不知道。剎那從小就一直聽說魔族很可怕，才一直這麼認為，聽凱亞爾葛大人這麼一說，就搞不懂魔族到底是什麼了。」

「公布正確答案吧。其實只不過是把具有支配魔物能力的人種稱為魔族罷了。魔族根據每個種族的不同，都具有讓特定系統的魔物服從的力量。不可思議的是，在魔族群聚的村子周邊一帶，都會聚集那種魔族能使其聽令的魔物過來。有一種說法，是魔族下意識釋放出來的魔力會成為魔物之間的飼料，可以說是一種互利共生的關係。概括而論，會讓人類高喊『好可怕』，『是惡魔，快殺了他』的魔族，也不過就是擁有特殊能力的人種之一。」

儘管都被歸類為魔族，但其中也同時存在著溫厚老實的魔族和好戰分子，種類可說是千差萬別。

就好比獸人族可區分為冰狼族、火狐族、月貓族以及夜犬族等等，魔族也存在著各式各樣的人種。

「凱亞爾葛大人，那還真是不可思議。因為這樣的話，人類也算是魔族。」

「那是什麼意思呢？」

「因為，人類能用契約魔術支配亞人。人也是動物。那麼，亞人是持有魔力的動物，所以是魔物。也就是說，人類是能操控魔物的人種。人類是魔族。」

「啊哈哈哈哈，的確是這樣。我從來沒想過這種事，真是有趣的想法。」

剎那說得沒錯。

儘管人類把魔族稱為無慈悲又殘虐的惡魔，然而那應該是指人類自己。

我不知道比人類還要更沒有同理心又殘虐的生物。會同族互相殘殺，把亞人視為奴隸壓榨，順從自己的欲望吞噬一切並踐踏弱者。

這形象和人類恐懼的魔族並無二致。不對，這在魔族之中也顯得更為凶殘，是能支配亞人這種強力魔物系統的種族。

我無法停止笑意。

「凱亞爾葛大人的笑點真讓人搞不懂。」

剎那覺得不可思議地歪了歪頭。

「沒有，這樣講太賊了啦。人類就是魔族這種說法讓我覺得實在太貼切了，這任誰都會笑出來啊。」

當我這麼說完，背後傳來了柔軟的觸感。

是芙蕾雅。不知為何，她把胸部壓了過來。

「如果是凱亞爾葛大人的話還真想被你支配呢。你最近都不太理我，讓人家好寂寞喔。今天請久違地好好疼愛我。因為我這次可是很努力呢。要假扮芙列雅公主真的很困難耶。」

「嗯，我會好好疼愛妳。不過要排在剎那後面喔。因為第一發最容易提高等級上限。」

「嗚嗚嗚，我偶爾也想要第一個被疼愛啦。不過，如果可以把剎那兩倍的量灌進我體內就原諒你。」

這次開始用臉頰磨蹭我的背後。

簡直是愛撒嬌的貓啊。明明我沒有打算要好好珍惜她，卻完全被她親近了。

「知道了。我會疼愛妳的。問妳喔，芙蕾雅。妳現在幸福嗎？」

「是，很幸福！因為可以和最喜歡的人在一起，還能吃到好多美味的食物……而且和凱亞爾葛大人愛愛時很激烈，非常舒服。」

「那就好。」

芙蕾雅這番話不是演技。

芙列雅公主是天生的女演員。不過長久以來和她一起行動的我，能看穿她是不是在演戲。畢竟連同第一輪的世界算起來，已經有六年以上都在她身旁了。

但是，這反而產生了疑問。

就算記憶被消滅了，一個人會有如此大的變化嗎？

我所認識的她，是會把庶民的血藐視為汙穢存在的差別主義者。不僅是虐待狂，還會傾注熱情欣賞他人因痛苦而扭曲的表情。一言以蔽之，就是個只愛護自己的人格缺陷者。

但是當她從芙列雅公主變成芙蕾雅之後，就馬上覺得只要和喜歡的人在一起就是幸福，這其中的落差實在太大了。

「芙蕾雅，妳曾經遵照我的命令去殺人對吧。對於這件事有什麼想法嗎？」

如果記憶被重置了，應該會對奪走他人性命感到厭惡才對。說不定她還為此累積了壓力。

「完全不以為然喔。因為那感覺就像是無關緊要的人死了再多又跟我有什麼關係嘛。比起那種事，我覺得能讓凱亞爾葛大人開心就很高興了。」

芙蕾雅露出了天真無邪的笑容。

聽到這句話，我總算可以把芙蕾雅和芙列雅公主當作同一人了。

這想法非常有她的風格。

原來如此，她的性格並沒有變。只是以前只愛著自己的芙列雅公主，現在變成只愛著我。

對待其他人類的方式沒有絲毫改變。

會喜歡上我，是因為在變成白紙的狀態下被我用催眠術、精神操作技術以及強烈的快樂烙印了想法，在能依靠的人只有我的狀況下持續旅行所產生的錯覺。

「謝謝妳。我也最喜歡為了我而努力的芙蕾雅了。」

「我也最喜歡你了！」

宛如小女孩似的純真又開朗的聲音。

現在先順其自然吧。為此我要繼續抱著她，對她說著甜言蜜語。

有我中意的剎那在，還能利用、嘲笑那個芙列雅公主。

沒有比這更開心的事了。

馳龍以國境外面為目標不斷奔馳。好啦，下個城鎮會有什麼快樂的事情在等著我呢？

第二十二話 回復術士嘲笑改變後的世界

來到了國境附近。

看到出現在眼前的景象，產生了混雜著傻眼和尊敬的一種心情。

「吉歐拉爾王國還真是會亂花錢啊。」

只要穿越這裡就能踏出吉歐拉爾王國，然而國境附近有著巨大的牆壁和看守的士兵。

儘管有試著去找是否有迂迴路線，但放眼望去全部都是牆壁、牆壁、牆壁。看不見牆壁的盡頭。到底是要花費多少金錢和勞力才能打造出這種東西啊？

我搜尋記憶。

哦，想起來了。我記得這是以防止魔族侵攻為名目，從世界各國集資做出來的玩意兒。

實際上只是為了收取資金的藉口，也是為了把錢撒給無職國民的權宜之計。

「凱亞爾葛大人，這面牆好大啊。不知道究竟有多高呢？」

「大約十公尺左右吧。只有我一個人的話倒是能直接跳過去。」

「對剎那也很簡單，就算是垂直的牆壁，剎那也可以用爪子勾住在上面奔跑。」

剎那在雙手雙腳纏繞了冰爪。

那樣的話應該很輕鬆吧。能自由控制冰的形狀，也堅固到能貫穿岩石。再結合她本人的身體能力，應該沒有跨越不了的牆壁。

「就算我和剎那沒問題，芙蕾雅和馳龍就不行了。用繩子拉上去會太引人注目，還是用正攻法通過吧。反正我們有通行證。」

就這樣丟下芙蕾雅很可惜，對馳龍也產生感情了，不想把牠丟在這。破壞牆壁或是從正面強行突破是下策。是有可能辦到，但要是這麼做，等於是跟吉歐拉爾王國大聲宣告我們已經從這裡突破國境離開了沒兩樣。

通行證是從把怪病的特效藥當作生意的商人那搶來……作為把他從死亡邊緣救回來的謝禮收下的。

抵達這裡時是晚上，所以大門已經完全關上。

只能等到明天日出，士兵將大門打開了。既然有通行證在手應該能毫無問題地通過才是。

「看來今天得睡在野外了呢。」

芙蕾雅用灰暗的神情這麼說道。

「剎那不在意。很擅長野外求生。」

身為冰狼族的剎那一臉得意。

實際上，就是因為有剎那在才能安心在外頭過夜。

她是這方面的專家。

「不用擔心啦。在國境大門附近絕對會有旅社，那裡客人也很多。」

像我們這種抵達時已經入夜，迫不得已住下一晚的旅行者很多。人一多就會有商人聚集。

稍微找了一下就發現了旅社，我們決定在那住下來。

這裡還同時經營著酒館，非常熱鬧。

因為旅行者很多，所以也有幫忙好好保管馬匹的設施，於是我把馳龍交給店家。

便宜的房間已經被住滿，只剩下有錢人專用的豪華套房，所以就住在那裡。

所幸靠怪病的特效藥大賺了一筆，手頭上仍是綽有餘裕。

這大約是足夠一個家庭玩樂一輩子的金額。

「哇啊啊，凱亞爾葛大人，這裡的床比拉納利塔的旅社還要柔軟耶。」

「味道好香，有太陽的味道。如果沒有天天曬不會有這種味道。」

不愧是豪華套房。房間寬敞又乾淨，擺設的家具也都是高級貨。

「這樣的話，看來今晚可以比平常更令人期待啊。」

我這樣說完，剎那和芙蕾雅的臉都紅了起來。

「話說起來，凱亞爾葛大人。不告訴那個人我們離開這國家的消息好嗎？」

「妳指克蕾赫的話那不用擔心。我有先寫信給她，有說會確實跟她取得聯絡。」

芙蕾雅有一點討厭克蕾赫。應該算是女人的執著吧。

「不愧是凱亞爾葛大人。老實說，雖然我個人不喜歡她，但是那個人又強又方便。」

像這種莫名計較的現實主義者想法，似乎打從芙列雅公主時代就始終如一。就算對方令人生厭，能利用的東西就會加以利用，這就是芙列雅公主。

「也該去樓下的酒館了。我肚子餓了。」

「贊成！」

「剎那也餓扁了。」

於是我們三人走下樓梯。

◇

「不愧是這裡的名產。」

「在拉納利塔都是吃海水魚，淡水魚吃起來也別有一番風味呢。」

「野豬的肉也很美味。冰狼族的村子附近因為有魔物盤據，都沒有野豬會接近。」

「倒是有野豬的魔物啦。」

這附近有豐富的大自然，所以招牌菜都是以山珍海味為主。

剛才點的是把小條淡水魚的內臟去除，再取幾條串在一起，最後沾上特製醬汁烘烤的串燒。可以連皮帶骨吃下去，非常合胃口。

至於肉方面的料理，則是把烤野豬肉切成薄片後堆成小山。搭配用野豬骨頭熬成的湯汁製成的醬汁一起享用，這也非常美味。

「好久沒喝麥酒了。」

「是的，最近都一直在喝葡萄酒嘛。」

在拉納利塔提到酒就令人想到葡萄酒，但這裡販賣的是以小麥製成的麥酒。

這個也挺讚的。畢竟身體疲憊時與其喝葡萄酒，還是喝麥酒才對味。

擺出來的餐點和酒整體來說都散發了濃厚的田野風味，是會讓人提振精神的菜單。

酒館的客人很多。

我們相當引人注目。

畢竟芙蕾雅和剎那都是頂級的美少女，只要是男人都會多看兩眼。

「來，凱亞爾葛大人。啊～」

芙蕾雅把烤野豬薄片送到我嘴巴。

「這是在幹什麼？」

「要趕走蒼蠅啊。你想想，我是個美少女，不像這樣表現出甜蜜的樣子就會有很多蒼蠅靠過來喔。」

「……說得也對。」

還是向周圍強調一下她是我的所有物比較好。

然後剎那也靠了過來。

該不會，剎那也打算向旁人宣示自己是我的所有物吧？

當我期待她會怎麼做時，冷不防就吻了過來。

「凱亞爾葛大人，嘴巴沾到醬汁了。」

是在害羞嗎？剎那有點難為情地這麼說道。

「謝謝妳幫我舔掉，我很開心喔。」

「嗯。」

達成目的的剎那匆忙地回位子坐定。

看起來莫名坐立難安。應該是靠著一股氣勢舔了下去，但做完之後才開始感到難為情吧。

做到這個份上，想必沒有人還會過來向她們倆搭話。

要是還有人敢過來搭話，到時候再叫他滾蛋就好。

驅除害蟲是我的拿手好戲。像在拉納利塔時一樣妥善處理即可。

用餐途中，我一邊和芙蕾雅兩人閒聊一邊豎起耳朵聽取周遭的聲音。

為的是確認在拉納利塔幹了那件好事的傳聞……芙列雅公主活在人世，以及【癒】之勇者驚心動魄的戰鬥場面有沒有傳到這裡來。

馳龍比馬還快。在發生騷動後我們馬上就離開拉納利塔來到這裡，情報應該還沒傳開，但還是得以防萬一。

要是消息已經傳開，那絕對會在酒館引起討論，然而卻沒有類似的傳聞。

不過，有個傳聞讓我在意。

「看樣子，王都好像在計畫大規模的遠征耶。」

「哦，那可真大手筆。他們是要往哪裡啊？」

「聽說是布拉尼可喔。據說，那裡是人類和魔族共存的城鎮這件事是天大的謊言，在那裡的人類好像已經被魔族洗腦，成為了邪惡的尖兵。」

「還真嚇人啊。」

「是啊，所以吉歐拉爾王國才決定遠征去消滅他們。據說還是那位公主負責指揮喔。」

「哦，那得小心別靠近那裡。不過布拉尼可的傢伙還真是不走運。好死不死居然是那個軍神出馬指揮。」

時機實在太剛好了。

這個傳聞是真是假都沒關係。只要有危機管理意識，自然會選擇不接近布拉尼可。

然而，這同時也是絕佳的好機會。

在圓形競技場行刑時，對村民下毒的恐怕就是公主妹妹，但是卻苦無證據。

不過，既然她已經公布要在公開場合進行指揮，只要我再利用克蕾赫去確認事情的真偽，就能確實斷定是不是公主妹妹下的手。

萬一……我們偶然先行一步抵達布拉尼可滯留在當地，偶然結交了朋友，偶然因為公主妹妹的命令而害得那名朋友死於戰火之下……

那就是帶有正當理由的復仇了。

到時我不就只能帶著悲傷與絕望……下手殺了公主妹妹才行了嗎？太精彩了。

我原本就想儘快收拾那個公主妹妹。那玩意兒太危險了。而且最棒的，是她完全不知道我和芙蕾雅就在當地，可以由我們主動出擊，先發制人。

那個公主妹妹在軍略方面可說是無人能敵。如果她注意到我和芙蕾雅要與她為敵的話，肯定會採取正確的對策，讓我們無法輕易就殺了她。

不過這次她沉迷在其他獵物。動物會露出最大破綻的時刻就是在狩獵獵物的瞬間。人類這種生物也不例外。

當公主妹妹對我在布拉尼可結交的新朋友露出獠牙的瞬間，我就會切斷她的喉嚨。實在太棒了。就這麼辦吧。

得快點寫信給克蕾赫才行。事情開始變得有趣了。

「芙蕾雅、剎那。布拉尼可是不錯的城鎮喔。有很多魔族特有的文化。不僅有在這邊無法品嚐到的美食，在藝術方面也有許多讓人期待的表演喔。」

「那真令人期待呢。」

「剎那，對美食有興趣。」

不管芙蕾雅還是剎那，似乎都開始期待去布拉尼可了。

而現在，我也對抵達那個城鎮充滿了期待。

萬一這個傳聞單純只是個謠傳，或是預定的遠征計畫因為我在拉納利塔引起的騷動而延後，反正我原本就打算去布拉尼可。沒有問題。

只是有一點實在讓我非常在意。

那就是在第一輪的世界中，從沒發生布拉尼可的遠征作戰。

已經任誰都無法阻止的歷史齒輪開始崩壞，我將逐漸失去優勢。

這也無可奈何，我的目的是把這個世界改造成能讓我歡樂自在地活下去。一直循著上一個世界的腳步也沒有意義。

好啦，讓世界變得更有趣吧。因為我就是為此才【恢復】世界的。

終章 回復術士對消失的魔王感到不知所措

隔天，我們在餐廳享用早餐後便離開旅社，前往國境。

吃完早餐後，我讓剎那和芙蕾雅先回房間，繼續在酒館偷聽了好一陣子。畢竟一個人更容易融入周遭。

果然，吉歐拉爾王國要遠征到布拉尼可的消息很有可能是真的。

跨越國境做生意的人要是耳朵不好會馬上破產。商人們會從物流的走向以及物價來確認傳聞的真假。要對商人隱瞞大規模的遠征是不可能的。

這讓我重新下定決心前往布拉尼可。

只是，有一個情報讓我很在意。

那是從平凡無奇的閒聊中突然冒出來的話題。據說在遙遠的西方出現了魔王率領的軍隊。

當時有個自稱為魔王的魔族，外型看來是有著巨大無比的膜翼和角的惡魔型壯漢。

和我所知道的魔王完全不同。

在第一輪的世界打倒的魔王是有著黑色羽翼的墮天使，一頭銀髮的美少女才對。

雖說我的行動導致歷史改變，但是再怎麼樣魔王也不會從天使變成惡魔。

或者說……魔王曾經在某個地方繼位過了？

我和魔王戰鬥是在五年後，如果在那之前於某個時間點，從惡魔壯漢繼位給墮天使少女的話倒是可以理解。

如果這假設成立，那就得改變一個前提條件。我一直以為魔王是與生俱來就有的身分。

畢竟，魔王和人類的國王不同，有著絕對的力量，而且心臟還是賢者之石，有著只有魔族才有的特徵。

如果繼位的假設是正確的，就表示魔族會因為發生某種反應而改變本質成為魔王……如果單論可能性的話，哪天具有魔王資質的所有魔族都清一色變成魔王也不奇怪。

「不過，要是能做到那種事，人類老早就被毀滅了吧。」

然後，還有一件事情令我在意。這樣一來，我所知道的銀髮墮天使少女魔王在哪？如果繼位的假設是正確的，只是一介魔族的她應該位於某處才對。

我的目的之一是和魔王再會。但是依現在的狀況來說實在很困難。

「你又在想著複雜的事情了呢。」

在我整理自己想法時，芙蕾雅向我搭話。

「稍微啦。要思考的事情可多了，畢竟要拯救世界嘛。」

雖然不是為了拯救世界而行動，但為了讓我幸福而做出的行動，以結果而言會進一步拯救世界。

「思考也很重要，但偶爾還是要放鬆一下。否則原本能注意到的事情也會看漏喔。你看，今天是這麼晴空萬里的好天氣呢。不看的話可就吃虧了。」

「是啊，彷彿是在祝福我們的新旅程似的。」

無論所到之處有何改變，對除了我以外的人來說都是地獄。屆時將會流下許多鮮血與淚水吧。話雖如此，現在的天氣還真是舒適。

「嗅嗅……雨的味道。還是快一點比較好。大概傍晚左右就會開始下雨了。剎那想快點找到野營的場所。」

剎那動著鼻子如此說道。

「怎麼會，天氣明明這麼好耶。」

「和芙蕾雅的眼睛相比，剎那的鼻子比較正確。」

就如芙蕾雅所說，現在碧空如洗，萬里無雲。

實在不認為待會會下雨，不過……

「相信剎那，稍微趕一下路吧。今天就提早設置野營。」

「不愧是凱亞爾葛大人。明白事理。」

是基於信賴與實際成果做的判斷。

像這方面的事情，剎那的預測從來沒有失準。

況且，不論是人生還是天氣都是反覆無常，這點我很清楚。當以為事情進行順利的下一瞬間，就有可能一頭栽入地獄。

正因為我知道這點，所以絕對不會大意。

不過話說回來，身體好輕。

昨晚大鬧了一番，現在整個人神清氣爽。以我個人經驗，殺了人的那天會讓性欲增加。在做出以命相博的行為後，會想要確認生命的存在。而最能實際感受到這點的就是做愛。

回想起昨天的事。

「凱亞爾葛大人，不行了！剎那裡面，凱亞爾葛大人的滿出來了，已經灌不進去了！」

「我也到極限了。明明……已經高潮了好幾次，又要……怎麼會，比平常，還要深……嗯嗯嗯嗯！」

做得太激烈，芙蕾雅在中途就失神了。

只是，她們倆昨天還真是可愛。要是每天都像昨晚那樣疼愛她們的話應該會被嫌棄吧，不過偶爾為之也無妨。

就回想到這，差不多該出發了。

「好啦，我們走吧。」

「是！」

「嗯。」

我們三人穿越了國境。讓看守確認通行證後就乾脆地讓我們通過了。

到了明天應該就會傳令要封鎖國境吧，不過今天消息還沒傳到。

好啦，離開了吉歐拉爾王國。

從今天起，就要開始嶄新的旅程。

～在王城～

「這次是處刑失敗？這國家的軍隊到底有多無能啊……不僅士兵和騎士都被殺了，還讓恬不知恥現身的【癒】之勇者凱亞爾逃掉……」

公主妹妹從一名男屬下收到了有關處刑【癒】之勇者村莊村民那起事件的報告。

結果可說是差勁透頂。

不僅被他徹底擺了一道，還讓人逃掉了。

那對公主妹妹來說是個天大的屈辱。

黑色皮膚的壯漢正在下跪。她藉由不斷踐踏這名男子消除壓力，讓頭腦逐漸冷靜。

儘管這是她的興趣，同時也是為了冷卻激情，做出正確判斷的儀式。

「而且，那個垃圾不僅活著，居然還背叛我們。是被【癒】之勇者唆使的嗎？還是被洗腦了？不管怎麼樣，她都丟盡了王家的臉。」

公主妹妹發出嘲笑。

原本認為是垃圾的姊姊，只曝露自己無能的一面還不夠居然還成了敵人。她非常開心。因為得到了能親自抓住姊姊折磨她的藉口。那對公主妹妹而言比任何事物都要讓人陶醉。

由於姊姊的所作所為使得拉納利塔發生暴動，如今這起暴動似乎還有可能延燒到周圍的村莊以及城鎮。

雖然麻煩，但要應對很簡單。

只要動員飼養的魔族，讓他們操縱魔物襲擊村子和城鎮即可。這樣一來那些愚蠢的人們就會不顧自己在對抗王國，轉為尋求協助。

一開始先講明不救反叛者，當他們被逼入絕境後再重新展開交涉，以服從為派兵條件就能收拾這個局面。

在收拾局面後，就以維持治安為目的派兵常駐各處，再以此為由增收稅金。這樣一來，他們就逃不出王國的手掌心。可以隨心所欲壓榨他們，到時就算用強硬的手段鎮壓暴動，他們也無法有任何怨言。

這可說是傳家寶刀，是由公主妹妹思考方案後再反覆使用的得意手法之一。

魔族很方便，沒有比他們更適合扮黑臉的存在了。

然而這也有副作用。儘管只是一時，此舉會導致村莊和城鎮疲弊降低生產性。就算拉高稅率也只能勉強打平。不過，要是不狠狠毆打一頓，講也講不聽的家畜還是不會聽進去。

你們就好好痛苦吧。

「公主大人。現在狀況特殊，請問要中止預定舉行的那個嗎？」

壯漢約翰保持頭被踩住的狀態下問道。

他口中的那個，是指淨化魔族、人類和亞人平等生活的城鎮布拉尼可那件事。

為了要殲滅那個令人作嘔的城鎮，已經做好了許多準備。

毀滅被魔族支配的城鎮，不僅可以提高自己的名聲，也可以對宣傳平等主義那種脫離常識思考的傢伙一個殺雞儆猴。

還能進一步把魔族趕盡殺絕，將亞人作為寵物。而且人類也可以有效活用在各種用途。

應該會成為一場收穫良多，令人愉悅的獵殺遊戲。

「預定不會變更。就算我不在，使用魔族肅清反叛分子也有一套固定流程，交給『還派得上用場』的那傢伙就能順利進行了。你以為為了消滅位於他國的布拉尼可，我私底下到底進行了多少麻煩的手續啊？」

對公主妹妹而言，「還派得上用場」是最棒的讚美之一。有個人物可以在她不在時處理事情。

更何況，收穫的時期總算到來了。

怎麼可以讓別人來妨礙這麼快樂的狩獵遊戲呢？

「可是，如果您不在的話，要和那個聖女交手……」

「……真煩人。而且，你把肅清布拉尼可這件事看得太簡單了吧？」

公主妹妹嘆了大大的一口氣。她原本認為約翰還算是能幹的垃圾，沒想到居然會真的以為光是玩玩就能消滅布拉尼可。

「聽好嘍，我們不能原諒魔族與人類共存的成功案例。光是存在，吉歐拉爾王國提倡根絕魔族的正當性就會遭到懷疑。無論我們嘴上說『魔族是可怕的傢伙，很可怕』，但只因為『布拉尼可不也過得好好的嗎』，就會遭到全盤否認。所以啦，就算是爭一口氣也要摧毀那裡，讓世人知道『看吧～全世界的各位。果然要和魔族共存是不可能的』。毀滅之後，還要對住在城鎮裡的人類洗腦，要他們對外宣稱在布拉尼可受到魔族過分的對待，幫忙散布出去才可以！」

這次討伐布拉尼可檯面上的理由，是人類被魔族支配甚至遭到洗腦，成為了他們的尖兵，然而實際洗腦人類的是吉歐拉爾王國這一邊。

公主妹妹提倡效率第一。

雖然喜歡讓自己舒服的工作，但絕對不會做白工。

「我的腦袋沒有靈光到那個地步。非常抱歉。」

「沒關係。除了再怎麼踩都不會壞以外，我對約翰完全不期待什麼。不過話又說回來……或許【癒】之勇者不是垃圾呢。這次徹底慘敗了。我原本還以為能輕易抓住他的說。不過，有了這次經驗，已經知道你是個什麼樣的人了。我不會再失敗了。」

公主妹妹不相信人言，只相信人的能力與行動。

經過這次的事件，她把【癒】之勇者凱亞爾採取的所有行動都一一收集起來，完整描繪出對方的人格。

因為其精度極高無比，也是她被視為軍略天才的要因之一。

她的腦海裡開始浮現出凱亞爾的模樣。

「除了自己以外誰也不相信的快樂主義者。總是以不計較得失的感情來決定行動方針。不過到了實行階段卻又變得非常現實主義，會同時追求利益。為了獲得愉悅，會在事前徹底準備以排除不安要素，選擇能辦到的事並冷酷無情地執行。是麻煩的類型呢。不但無法預測他要做的事，在實行時還會準備毫無破綻的計畫攻過來。乍看之下雖然是個瘋狂的人，但卻不是那麼一回事。如果真的瘋了，不可能採取這麼有計劃的行動。倒不如說，他可能是下意識地裝瘋賣傻，把這件事當作免罪符。」

她所預想的凱亞爾這名人物非常接近凱亞爾本人。

然而，有一個部分她卻始終無法理解。

是什麼原因驅使他行動？

已經蒐集所有情報，知道他被帶到城裡後遭受什麼對待。

他就算怨恨王家也不足為奇。不過會只因為這樣，就讓在鄉下栽種蘋果的純樸少年扭曲到如此地步嗎？

抓了與他同村的村民後詢問過，他們所有人都說法一致，評價他溫柔、勤勉能幹、優柔寡斷、悠哉，只有這些形容詞。

他從小就在說：「要成為出色的勇者拯救世界，不再讓像自己一樣，雙親被魔物殺害的小孩出現」這種天真的夢想。

和現在到處作亂的人物似是而非。

說起來，他為什麼會兼備如此的知識、判斷力和技術？對於一個在那種村莊過活的少年來說，不可能習得這樣的能力。

「如果，他待在村子時一直隱藏本性，那就是貨真價實的精神病患。算了，想這些也沒有用。反正馬上就會見面了。」

姊姊在圓形競技場揚言要與王國一戰，如果這件事屬實，那肯定會在王國實質支配者的自己面前現身。

為了要籌備這場戰鬥，也為了要消除累積的壓力，得好好享受狩獵遊戲。

這次，就帶著順利拉攏的【劍】之勇者一起去。

沒錯，她已經決定參戰了。雖說要以魔族為對手，但對方是不至於要請出勇者的敵人，實在大材小用，無論怎麼巧妙欺騙帶她過去應該也會招來她的不滿。

以理性來思考是覺得別帶她去比較好，但脖子莫名有股寒意。

公主妹妹不會違背這樣的第六感，於是她相信自己的直覺增強戰力。

「好啦，約翰。去狩獵吧。得徹底地享受才行。」

真是輕鬆的工作。公主妹妹深信在淨化布拉尼可的計畫上自己是獵人，可以單方面進行狩獵。

——然而她還不知道，自己認定為敵人的貨真價實神經病，就潛藏在狩獵場中。

後記

感謝各位閱讀《回復術士的重啟人生》第二集。

我是作者「月夜涙」。

在第二集，出現了新的復仇對象。

然後，【劍聖】克蕾赫也登場了！敬請期待面對最強的刺客時，凱亞爾葛會採取什麼手段應付！另外，在戰鬥後也有各位盼望的發展。

這次不僅有戰鬥以及情色場面，還可以窺見凱亞爾葛溫柔的一面。希望大家可以覺得凱亞爾葛大人並非只是個腦袋不正常的人。

另外，在第三集會有比第二集還有精彩的故事和情色的復仇在等著各位，敬請期待！

補述：漫畫開始在Youngaceup上連載了。可以免費觀看，請各位也確認那邊的內容喔！

宣傳：

雖然是其他出版社的，但十月《スライム転生。大賢者が養女エルフに抱きしめられてま

す》這個作品將會由OVERLAP Novels出版。

這是轉生成史萊姆的大賢者隱藏真實身分成為女兒的使役魔，一邊跟女兒撒嬌一邊守護她並持續進化的故事。

可愛的史萊姆在緊要關頭會表現出帥氣的一面。這部作品也是我自信傑作，如果各位能翻閱內容就讓我再開心不過了！

謝辭：

しおこんぶ老師，感謝兩位第二集也畫了出色的插圖。現在在遊戲方面的工作，以及模型方面的工作似乎都越來越活躍了。我會繼續聲援兩位。

責任編輯宮川大人，您總是快速又誠實地應對，實在讓我不勝感激。

角川Sneaker文庫編輯部與各位相關人士，負責設計的木村設計研究室，以及閱讀著這份內容的各位讀者，非常感謝你們！謝謝。

月夜淚

後記…
回復術士第二集出了!!
屢屢決定再版！第一集大受好評！
非常感謝各位支持!!!
我最愛豐腴的女孩子了!!!!!

我喜歡的妹妹不是妹妹 1~4 待續

Kadokawa Fantastic Novels

作者：惠比須清司　插畫：ぎん太郎

「真妹妹不可能會輸給假妹妹！」
為了捍衛妹妹地位，涼花再度燃起鬥志！

離家出走的當紅聲優櫻，竟然住到我家了？櫻發動攻勢說想當我真正的妹妹，涼花莫名燃起鬥爭心，不惜穿死庫水衝進浴室！不巧又碰到動畫導演企圖修改妹妹的角色，我只能成為真正的愛妹人才能說服導演！可是怎麼連舞跟雙V手勢老師都跑來當妹妹……!?

各 **NT$220/HK$68**

Kadokawa Light Novels

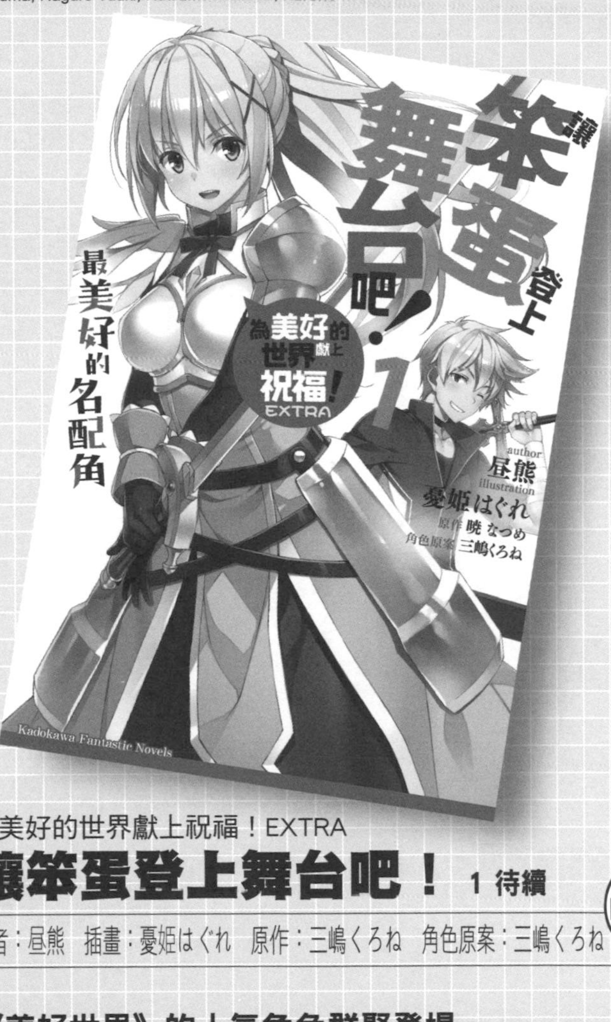

為美好的世界獻上祝福！EXTRA

讓笨蛋登上舞台吧！ 1 待續

Kadokawa Fantastic Novels

作者：昼熊　插畫：憂姫はぐれ　原作：三嶋くろね　角色原案：三嶋くろね

《美好世界》的人氣角色群聚登場，
另一位主角將大肆活躍!?

自稱統治初學者城鎮阿克塞爾的小混混冒險者——達斯特總是非常缺錢。在和真他們逐漸提升名氣時，達斯特卻為了在阿克塞爾賺錢而想盡各種瀕臨犯罪邊緣的鬼點子！這時，他卻從巴尼爾口中得到不吉利的預言……!?由達斯特視角展開有點色色的外傳登場！

台灣角川

NT$200/HK$60

Kadokawa Light Novels

迷幻魔域Ecstas Online 1~2 待續

Kadokawa Fantastic Novels

作者：久慈政宗　插畫：平つくね

平安夜的奇蹟——
能拯救眾人的「Santa-X」即將出現!?

堂巡正為了和同學的複雜關係而苦惱不已，此時哀川小姐卻帶來了好消息：只要等到聖誕節，VR遊戲「EXODIA EXODUS」便會套用修正程式「Santa-X」，所有人都能得救！然而，獲得「誅殺魔王之劍」的任務，卻同時在2Ａ公會當中發生——？

各 **NT$220/HK$68**

台灣角川

Kadokawa Light Novels

©Ichiei Ishibumi, Miyama-Zero 2017

惡魔高校D×D DX.1~DX.4 待續

Kadokawa Fantastic Novels

作者：石踏一榮　插畫：みやま零

本篇當中無法描寫的熱血戰鬥，
這次以完全新稿的方式呈現給各位！

代替前去打倒６６６的利維坦陛下，那個蒼那前學生會長竟成了第二代「魔法☆小利維」！而由她率領的隊伍，即將和我——兵藤一誠對上。現任會長潔諾薇亞顯得十分有幹勁，不過更重要的是……這次一定要和我熱烈盼望與之再戰的摯友——匙做個了斷！

台灣角川

各 NT$180~220/HK$55~68

國家圖書館出版品預行編目資料

回復術士的重啟人生：即死魔法與複製技能的
極致回復術 / 月夜涙作；捲毛太郎譯. -- 初版. --
臺北市：臺灣角川, 2018.04-
冊；　公分
譯自：回復術士のやり直し：即死魔法とスキル
コピーの超越ヒール
ISBN 978-957-564-124-5(第1冊：平裝). --
ISBN 978-957-564-544-1(第2冊：平裝)

861.57　　　　107002520

Kadokawa Fantastic Novels

回復術士的重啟人生 2
～即死魔法與複製技能的極致回復術～

（原著名：回復術士のやり直し２～即死魔法とスキルコピーの超越ヒール～）

2018年11月5日　初版第1刷發行
2021年4月15日　初版第3刷發行

作　者：月夜涙
插　畫：しおこんぶ
譯　者：捲毛太郎

發行人：岩崎剛人
總編輯：蔡佩芬
主　編：朱哲成
美術設計：黃永漢
印　務：李明修（主任）、張加恩（主任）、張凱棋

發行所：台灣角川股份有限公司
地　址：105台北市光復北路11巷44號5樓
電　話：（02）2747-2433
傳　真：（02）2747-2558
網　址：http://www.kadokawa.com.tw
劃撥帳戶：台灣角川股份有限公司
劃撥帳號：19487412
法律顧問：有澤法律事務所
製　版：巨茂科技印刷有限公司
ISBN：978-957-564-544-1